人间·慈母·爱

刘再复 著

廣東旅游出版社
GUANGDONG TRAVEL AND TOURISM PRESS

图书在版编目（CIP）数据

人间·慈母·爱 / 刘再复著. -- 广州 : 广东旅游出版社, 2013.6
ISBN 978-7-80766-493-2

Ⅰ. ①人… Ⅱ. ①刘… Ⅲ. ①散文诗－诗集－中国－当代 Ⅳ. ①I227

中国版本图书馆CIP数据核字(2013)第062302号

◎责任编辑：江丽芝 冯婉
◎封面设计：柏拉图
◎正文设计：何汝清 谢晓丹
◎责任技编：刘振华
◎责任校对：李瑞苑

出版发行 廣東旅游出版社
GUANGDONG TRAVEL AND TOURISM PRESS
（广州市越秀区先烈中路76号中侨大厦22楼D、E单元 邮编：510095）
邮购电话：020-87348243
广东旅游出版社图书网
www.tourpress.cn
深圳市希望印务有限公司印刷
（深圳市坂田吉华路505号大丹工业园二楼）
开本：889毫米×1194毫米 1/32
印张：5.5
字数：41千字
版次：2013年6月第 1 版
印次：2013年6月第 1 版第 1 次印刷
印数：1-3500册
定价：18.00元

目录 contents

问候每一朵小花和每一棵小草.....11

目录 contents

唯有美丽的心灵能把我征服.....57

问候每一朵小花和每一棵小草

我向你们问候，问候战胜艰难命运之后继续燃烧着希望的蓓蕾，问候从痛苦中解脱之后继续追求蓝天与白云的芽尖，问候肩负着繁荣大地使命的千百万飞动的叶子，问候叶子上熬过干旱岁月依然把目光投向黎明的露珠，问候你们那蕴藏于内心的少年般的勇敢与倔强，问候你们那常常抚慰着山川原野的少女般的温暖与温柔。

问候每一朵小花和每一棵小草 ››››››

1

我又扑向大地，扑向在杨柳树上和桃李树上张开了春天眼睛的大地。

我问候大地上的每一朵小花，每一棵小草，每一株小树。

我问候每一朵穿过冬季的寒夜之后依然像晨星一样闪亮的小花，每一棵经受风雪的拭炼之后依然昂起头颅的小草，每一株在雨暴的袭击之后依然把脊梁挺得很直的小树。

我向你们问候，问候战胜艰难命运之后继续燃烧着希望的蓓蕾，问候从痛苦中解脱之后继续追求蓝天与白云的芽尖，问候肩负着繁荣大地使命的千百万飞动的叶子，问候叶子上熬过干旱岁月依然把目光投向黎明的露珠，问候你们那蕴藏于内心的少年般的勇敢与倔强，问候你们那常常抚慰着山川原野的少女般的温暖与温柔。

2

我向你们问候。在那劫波袭击的年月，在我孤独的日子，唯有你们陪伴着我。像我的知心的兄弟姐妹，你们总是把我幼稚的、忧伤的心灵轻轻地抚摸。在那柔和的月光下，喧声已经远去，我躺卧在绿茵茵的地上，躺卧在你们的身旁。我想起海涅那遥远的诗句：聪明的小草彼此在讲述着绿色的童话。我倾听着，我知道你们也在讲着许多让我坚强的迷人的故事，可惜我听不懂，人和大自然之间要是有一个聪慧的译者，该多好呵。然而，我还是把心贴着你们的心，向你们诉说我的困惑和我的痛苦，而你们捧着点点的夜露，像捧一杯酒，默默地为我祝福，然后浇灭了我胸中的不安与恐怖。

3

对着你们，我轻轻地哼着心爱的歌，思念远方的亲人和友人的歌，被遗忘了的和平与安宁的歌，和我的少年时代一起飞翔过的歌，已被判处了死刑的歌。

对着你们，我倾吐了许多隐藏的心事，那些泡浸过泪水的心事，那些熬过长夜的心事，那些连着浩茫广宇的心事。一桩桩都交给你们，连同身内呜咽的血液，眶外簌簌的泪珠。

十年的日子那么长，伤心地、伤心地讲了许多背叛自己的话语，唯有对着你们，对着你们纯真的眼睛，我总是把真话诉说。因为我相信你们的心永远是明丽的，绝不会堕落。

呵，亲爱的小草，人们都知道泰戈尔说你虽小但拥有足下的大地，可曾知道，又是你，支撑着我的灵魂的天空，也支撑着许多朋友的灵魂的天空。

4

我向你们问候，问候你们永恒的生长，永恒的发展，永恒的拼搏。

在那些艰难的日子里，你们沉默着，然而，你们的沉默，也是悄悄生长的沉默，孜孜发展的沉默，也是不停止抽芽、扬花、结果的沉默。沉默中的生者与奋斗者呵，是你们的沉默，使我感到空喊的荒唐，浮嚣的丑陋。

你们从冬天的风雪中走来，所以对于春天格外珍惜。你们珍惜从苦难中学到的一切，所以你们格外奋发。朝朝暮暮，我看到你们用归来的青春铺设着每一条大路和小路，装点着每一个偏远的山坳和每一个寂静的角落。

你奋发着，用你那平凡而伟大的美，点缀着每一个火热的心胸，每一个沉思的窗口，每一个沸腾的乡村，每一座繁忙的高楼。呵，对于大地，你们永远这样忠诚和酷爱；对于春天，你们永远是这样追求和献予，对于我，你们总是最可信赖的朋友。

大河，永远的奔流 ››››››

1

奔流着，奔流着。

从荒凉的、粗野的往昔流到繁华的、文明的今天，从原始的、虎啸猿啼的群山流到现代的、街长楼高的人世间。

奔流着，追求着。

追求着遥远的大海；追求着广博的渊深；追求着海上庄严的日出与悲壮的日落；追求着不拘一格的烟涛和永不僵死的碧浪花。

大河，自从你告别高山之母的那一天起，你就认定大海是你的抱负，你的归宿。为了亲吻拥载太阳的那一派柔蓝，为了把自己汹涌的情思连接那永恒的存在，为了加入太平洋与大西洋那无比壮阔的蔚蓝色的事业，你竟奔走了数不清的路程，唱了千万载不倦的恋歌。日月悠悠，关山叠叠，岸上一切山崩地裂的生死兴亡，水中一切龙蟠虎踞的怪石险滩，都未能阻止你的滔滔东去，浩浩前行。

许多少女般秀美的湖泊干涸了她的青春，许多琴弦似的小溪失去了她的小夜曲；许多浪子般的内陆河被埋葬了最后的徘徊。唯有你，还在奔流，还在奔流，还在追求着你不朽的抱负和不朽的情侣。

不追求汪洋大海的水流，不是伟大的水流。大河，你追求着汪洋大海，你是伟大的。

2

奔流着，奔流着。

当山岳在星辉下沉默的时候，当原野在月华下沉睡的时候，当风雪下的树林感到疲倦不再生长的时候，你还在奔流着。

停顿，你就会痛苦。

停顿，你就会寂寞。

那些企图迫使你停顿的岩礁，使你感到愤怒，激扬起你的排空的巨浪。而在企图迫使你停顿的冰层下，你依然从容地歌唱着，依然流淌着生动的、冻不死的旋律。

在遥远的昨天，高山也曾要你停顿，然而，你带着东去的雄心，穿过了高山的城堡。那些险峻的峡谷，就是你劈开高山的明证，它们永远默默地礼赞着你果敢的征服。

呵，奔流，斩不断的奔流，关不住的奔流，冻不死的奔流。

你不停顿，所以你充满着生命。你不停顿，所以海岸线上到处是你的凯旋曲。

3

奔流着，奔流着。

我看到你强大的奔流里夹带着泥浆，夹带着沙土，夹带着狂风抛下的草层。我找不到你的透明，找不到你的纯粹，找不到你怀里明净的水晶宫。

然而，我看到你混浊的血液慷慨地润泽着两岸的土地。凡是你润泽过的地方，都留下鲜花的明丽，菜蔬的柔嫩，青草的生机，还有稻麦的洁白洁白的乳汁。

有强大的奔流，还怕没有丰盈的果实吗?

没有浩浩荡荡的奔流，哪有红红绿绿的繁荣与茂盛?

呵，大河，我感谢你，感谢你豪壮而混浊的运动，感谢你带给我生活的土地这么多新鲜，这么多甘美，这么多快乐。我知道天外的星球因为没有你的奔流，所以那里的土地是憔悴的，那里的世界是荒芜的。哦，那里也许是干净的，然而，那是死亡的干净，苍白的干净。干净里没有歌，没有舞，没有色彩，没有欢乐，没有青的郁郁，没有绿的葱葱。

4

我仰慕一切大江似的抱负，大江似的思想，大江似的事业，大江似的文章，大江似的前进气魄，大江似的风流人物。

我相信人世间许多广博的胸襟、雄伟的人生，就是壮阔的奔流；

我相信许多敢于开拓、敢于冒险、敢于进取的改革者与创业者的思想与情感，就是壮阔的奔流；

我相信许多为了振兴中华而朝夕奋发的爱国者的热血，就是壮阔的奔流；

我相信许多不落窠臼、不畏艰难的工人、农民、教师、干部、军人、演员、编辑、记者、作家、诗人的生命，就是壮阔的奔流。

我相信在他们的生命河道里，在他们广阔的思维空间中，每天都有日出与日落的壮观，每天都追求大海的节奏与旋律。

如果他们的生命不是一个壮阔的奔流，为什么他们的行为与语言，他们的创造与思索，都像波浪那样翻卷不息？如果他们的思想不是一个壮阔的奔流，为什么会生气勃勃地推动出那么多大地的奇观？还会灌溉出那么多聪慧的诗篇与文章？

我明白了，大河。为什么曾有那么多英雄豪杰在你面前饮过战马，那么多志士仁人在你面前仰天长歌，为什么苏东坡在你面前沉醉于“惊涛拍岸”？文天祥在你面前寄托着丹心难灭的报国情怀？

大河，我在你面前只是一个匆匆的过客，当我从这个世界上消失，你还会继续奔流，还会追求前方的万千气象。你将哺育两岸更发达的头颅，更魁梧的身躯，更辉煌的智慧，更美丽的脸容，更高贵的心灵，更灿烂的篇章，你将埋葬落后、贫穷、苦难和一切人类的糟粕，带给大海更多人间的爱意与文明。我羡慕你，我可以化作你血液中热烈的一滴吗?

呵，奔流，南方与北方的奔流，大地与心灵的奔流，今人、前人和后人无穷的奔流。

呵，奔流，永远的奔流！永远牵动着我灵魂的奔流，永远激励我前行的奔流。

高山，永远的巍峨 ››››››

1

你感受到北国的思念吗？我的高山，江南故土上的高山，长满杜鹃花与松树林的高山，埋着慈爱的祖母和早逝的妹妹的高山，藏匿着我童年的痴情与梦幻的高山。

雄伟的苍鹰还在你的崖顶上投下犀利的眼光吗？发情的水牛还在你的草圃上宣泄生命的欲望吗？飘落的枫叶还为你滋养明年的土壤吗？古树的新枝还在为你召唤清新的黎明吗？

高山，在我血脉中洋溢着葱茏的高山。想起你，就想起故乡，那一片我热恋过的春天的妩媚与夏日的雄浑，那一座静穆而美丽的村庄。

记不清自己对于土地的崇拜是什么时候发生的，也记不清灵魂的原野上，是什么时候栽下热烈的凤凰木和那些如痴如醉的映山红的？想来想去，总是想起你，故乡的高山，孕育我的第一缕思念的高山，把我的目光引向蓝天、引向白云、引向无尽远方的高山。

2

那一场暴风骤雨还留在你的记忆中吗？那一场拔掉屋顶与树木的劫难，那一场把小船倒挂在树上的疯狂。呵，横扫一切的怪物，令人感到故乡将死、世界将尽的怪物。前所未有的怪物挟带着疯狂的洪水，越过大河与小河的堤岸，像一群复仇的猛兽，无情地吞噬我们的村庄。带着惊魂，我和乡亲们都朝你奔去，只有躲藏在你的怀里是安宁的。在你怀里，我逃脱了地上的恐怖，不再逃窜，不再惊慌。

因为你，我相信大地还在；

因为你，我相信故乡没有沉沦；

因为你，我感到慈母的肩膀还结实；

因为你，我相信风暴与洪水是短暂的，世界的末日还很遥远。

3

那一场风暴之后，我更爱你，故乡的高山。

我常站立在你的脚下，仰望着你，独自观赏着你的巍峨，那连着蓝天与红霞的巍峨，被雨水洗涤得更加明丽的巍峨。

祖母说，你的尖顶上有棵千岁的老树。树的眼睛藏着汉晋的明月和唐宋的白雪，到如今，山顶上恐怕还有树的精灵。

可是，我从来也没有到过山顶也没有见到树的精灵，只看到山鹰从云端的边际向山顶冲刺，然后在山岩上撞碎自己钢铁般的羽翼，像一道深黑色的闪电，消失在魔鬼般的深谷里。这是我第一次看到的生的壮观和死的壮观。

就这样，在我童年的心灵隐蔽处，收藏了一束苍鹰的羽毛。我爱征服过风暴的高山，也爱企图征服高山的雄鹰。

我爱从高山的岩石上硬长出来的野草，也爱从山鹰的双翼上硬长出来的羽毛。

我爱山的巍峨，也爱鹰的巍峨。

如果没有山的巍峨，人间会有豪壮的攀登吗？如果没有鹰的巍峨，人类的雄心与谁比翼呢？

4

你使我崇仰巍峨，也使我懂得谦卑。

如果不是你高高地坐落在我的心头，我大约早就飘浮起来。站在高耸的楼上，大约会以为已占领世界的屋顶。

没有压在心中的沉甸甸，人生早已轻飘飘。

真的，故乡的高山，想起你，我的灵魂就充满肃穆，没有勇气说一句轻浮的假话，也没有勇气感到满足。

5

故乡的高山，是谁赋予你如此神奇的灵气？一接触到你，就使人沉思，使人遐想，使人拂去世俗的尘土，心灵不再苍白。

所有的寺庙都依偎着你。哦，所谓神的灵秀，不就是你的灵秀吗？走进寺庙的人，如果真的获得了安宁，不就是呼吸到你的精华，感悟到你的神秘吗？而我一投进你的怀里，就禁不住要亲吻每一棵小树，爱抚每一片绿叶，就想揭开山中的谜和山外的谜，就想知道那些躲藏在山中的生命和它们分裂、组合的故事。

小时候，我曾坐在山脊上，阳光下只有你和我。我感到自己是大地孩子的使者。在大地崇高的绿座上，我代表我的同龄人与广漠的星空对话。唯有此刻，母亲给予的心灵，才奇迹般地飞翔起来。远古与今天，人间和宇宙，瞬息与永恒，一切难解的疑问全涌进我的脑海，从此，我困惑，像着魔似的，第一次陷入了忧郁。

至今还是这样神秘。呵，让我着魔的高山，让我忧郁的高山，让我生命活泼与想象飞翔的高山，我的脊梁的支撑点和我的骨骼的支撑点，不就是你吗?

6

故乡的高山，你固然雄伟但也有不幸。

你有时只是世界的摆设，只供人们作无谓的玩赏。所有比你矮小的生命，都可以对你指指点点，投以轻薄的笑声。他们践踏你，丑陋的脚印嘲弄着你的青葱，发霉的浊水污染着你的巍峨。

但你沉默着。沉默地接受一切。沉默，是你唯一的防线。因为沉默，你保持了连白云也难以比拟的圣洁。

那些站在你头顶上的放浪儿，在迷雾缭绕中，看不到你山外的青山和雾外的峻岭。然而，他们庆贺着自己的占领。他们笑着，向世界夸耀。夸耀自己比谁站得都高，看得比谁都远，而且还抚摸着宇宙的终极。然而，你还是沉默着。沉默，就是你的尊严。沉默，就是你的悲歌与壮歌。

7

高山，永远的巍峨。

我时常思念你。你的青松定然还是那么苍劲，你的岩石定然还是那么刚强，风雨中，你定然还是那么难以摇撼。

想到你时，总是想起难以摇撼的故乡，难以摇撼的祖国，难以摇撼的人的骄傲与骨骼。

可是，我的人生曾是那么脆弱，缺少高山之子的阳刚。高山之子的胸脯该积淀着你的苍松与悬崖，对着惊涛逆浪，该有山岳般的沉着；对着狼吟虎啸，该有古岩般的坚强。严正地站立于大地，面对无限的时空，该不会再有那么多的幼嫩与彷徨。

高山，永远的巍峨。找到你，我就找到故乡，就找到故乡的灵魂与脊梁。

又读沧海 ›››››››

1

又是迷人的夏天，又是北方的海岸。又是无边的神秘，又是无底的深渊。又是望不尽的蓝幽幽，又是读不完的白茫茫。

圆月缺了，缺月圆了。已读破了许多圆月，已读圆了许多缺月。

全都写在碧波之上，愤怒与惆怅的文字，思念与告别的文字，绝望与希望的文字；全都写在浪花之上，欢乐与悲凉的乐章，战斗与寂寞的乐章，谴责与忏悔的乐章。

大自然的史诗，千姿万态。透明与混浊的交替，墨黑与柔蓝的转换，放歌与低诉的和谐，全部汇聚在你巨大的生命之上。

是谁赋予你这史诗般的生命呢？大海。

在遥深的底层，在邈远的上空，有谁调动着你，主宰着你，规范着你呢？在缥缈的天涯一角里，真的有一位满头银发的洞察一切的神灵吗？在宇宙的无尽顶端，在万物万有生死转移的冥冥之中，你是否和一颗全知全能的心灵相连呢？

2

我翻阅你的每一页，每一行，细读你字里行间那些蓝色的深渊与白色的神秘，但我从未读过上帝与魔鬼留下的踪迹。

我只读到你自己，只读到那深黑色的海心和紫绛色的海魂，那热烈的血与冷峻的血，那主宰着你自己也主宰一切的强大的汹涌与澎湃。

云间已撒下无数次的风雨雷霆，但你照样展示你的万丈波澜，海底已爆发过无数次的火山熔岩，而你依旧是从容不迫，辽阔无边。你随时可歌，随时可舞，随时可沉默，随时可爆发。刚刚还是圆月下的沉默，沉默得像安详的、熟睡的母亲，瞬息间又是沉默中的爆发，爆发得像狂醉的、疯癫的酒神。然而，几个时辰过去，又是一派玛瑙似的透明，一脉绸缎似的蔚蓝。大海，你愤怒时如此长啸，悲伤时又如此动情。你的高歌与呜咽，你的纯情与傲视，你的豪放与婉约，全都使我壮怀激烈，也使我头颅低垂。

没有一种力量能剥夺你的雄浑与豪强，所有想剥夺你的，都被你所剥夺，所有想吞没你的，都被你所吞没。浪尖上、波峰上、礁石上、沙滩上，全记载着，记载着你的浩浩荡荡的灵魂和不可征服的尊严。

3

大海，我心爱的大书卷。我已读破你的经籍般的深渊，史诗般的广袤，而你的蓝色的目光，是否也穿越我的躯壳，读着我呢？读着我的身内的大海，那些日夜动荡着的激流，朝夕变幻着的文字，那些已展示和未展示的篇章，带着海的咸味与海的苦味的波澜。

唯有你，变幻无穷的海，可以和人类体内的宇宙相比，唯有你，酷似我心中的世界：一首没有逻辑的诗，一部充满偶然、充满荒谬、充满圣洁的小说，一出在狂暴与温顺、喧哗与缄默、放荡与严肃中不断摆动的戏剧，一个让岸边聪颖的思索与狡黠的思索永远思索不尽、烦恼不尽的故事。

你读到我的海了吗？你读到这些激荡着的诗文和跳跃着的故事了吗？你读到我的轻漾的暖流和耸立的怒涛了吗？你读到我的紫色的沉思与白色的爆发了吗？请你也如我一样多情，请你常常徘徊在我的岸边，我的沙滩，我的岩角。在我的海里，有温柔的水草，也有刚毅的礁石。还有很美的海村和很美的海市，海村里有太阳的明艳和镰月的朦胧，海市里有浅白的天街和深绿的灯火。还有许多飘动的海旗，海树，和疾翔的海鸥，这一切，这一切都是我灵魂的家园，都是我的深藏着的文字和深藏着的生活。

4

大海，我曾多次地走到你面前。我见到了你，但你未必见到我。我不倦地阅读你的浪涛，但你未必发现我的烟波。

我不怪你，我的壮丽而浑厚的朋友。

因为我的海，曾是冻僵的海，曾是干涸的海，曾是垂死的海。

因为我的海，曾是沙漠，被横扫一切的风暴席卷过的沙漠。没有花草，没有森林，没有飞翔的大雁，没有旋转的泉流，只有被风沙打击得非常模糊的、凄凉的脚印。

因为我的海，曾是旱湖，被九个太阳晒干了柔蓝的旱湖。失落了碧波，失落了浪花，失落了喧嚣与骚动，失落了海燕与风帆，只留下沉入海底的恐龙的化石和其他古生物的残骸。

因为我的海，曾是废墟，被荒诞的火焰烧焦了生命的废墟。没有生机，没有活泼，没有潮汐与春秋，只有断垣、颓壁与荒丘。这海，连我自己也不认识的海，连我自己也不愿意阅读的乏味的书籍，吸引不了你的蔚蓝色的眼睛，我不怪你。

5

死过的海复活了。沉睡过的海醒了。僵冷的大书舒展了新的一页。

我已重生。我已重新拥有我的大海，拥有海的脉搏，海的呼吸，海的温柔与粗暴，海的愤怒与忧伤，海的妩媚与豪强。

我已重新获得我的海魂，洋溢着尊严、力量和美的海魂，拥有奔驰自由与翻卷自由的海魂。一切一切，都已打下海魂的烙印。黑暗，是渊深的黑暗；光明，是坚韧的光明；忧伤，是高贵的忧伤；奋发，是雄伟的奋发。

大海，你感受到我悲喜交加的复活了吗？你感受到我那丢失的海魂已艰难地回归到我的蓝土地和蓝家园了吗？你感受到我身内的书籍已删去陈腐的语言与陈腐的逻辑了吗？你感受到岸边新月似的眼睛和投射到你身上的新曙般的光芒了吗？

今夜，我带着复活了的眼睛，在星辉抚摸的海堤上，重新阅读沧海，重新阅读你的壮阔与神秘，我将有许多新的领悟。我将用我被风暴打击得更加实在的灵魂，去消化你这伟大书籍的艰深，我将用我在痛苦的寻找中变得冷峻的目光，穿越你的浓雾与阴影，进入你更深邃的底层。我相信我的海和你一样，有强大的、翻卷着激浪的胃，能消化掉坚固的苦难和坚韧的精华，重新赢得健康，重新赢得高傲，重新赢得浩瀚。

我不再彷徨，只要你在我眼前，我就不会虚空，就有望不尽的蓝幽幽，读不完的白茫茫……

我本是赤条条的孩子 ››››››

1

我本是，我本是赤条条的孩子，玩着赤条条的鹅卵石，从赤条条的泥土里滚爬出来的孩子。

赤条条的，连遥远的祖先那几片遮羞的树叶子也没有。

赤条条在大地上奔跑，和故乡的牛群一起奔跑。它们也是赤条条的，不管是黄牛和水牛。

有时跑到山顶，去寻找赤条条的白云，赤条条的圆月，有时钻入河里，去寻找赤条条的鱼儿，赤条条的泥鳅。这些赤条条的伙伴，都很自由，高远的天空与低唱的河流都属于他们。

学着蹦蹦跳跳的鱼儿，与放牛的小兄弟在河里痛痛快快地浮游，又痛痛快快地打一场水战。胜利了，是赤条条的欢乐；失败了，是赤条条的欣喜。跳上岸，纵身一摇，抖干满身的水滴，投进大地母亲的怀抱，又是赤条条的洁净。

2

一点也不怕狂风。

一点也不怕暴雨。

突如其来的倾盆大雨，带着疯狂，打击着正在生长的庄稼，打击着正在生长的甘蔗林和香蕉林。高山颤抖着，大地颤抖着，山洪直泻而下，浊黄的水流涨满了村庄里的池塘和田野。

而赤条条的我，还有赤条条的小兄弟，却迎来了盛大的节日，在暴风雨中，叫嚷着，呼唤着，沿着弯曲的河岸，沿着险峻的山坡，又痛痛快快地大玩一场。

回到家里，被妈妈打了一顿。妈妈见了赤条条的我，无可奈何地笑了。在暴风雨中，我什么也没有丢掉，只丢掉身上的泥巴，那一些早该洗掉的尘土。

3

远去了，远去了，被岁月剥夺了的童年，被沉重的衣冠、沉重的鞋靴剥夺了的赤条条的时代。

但是，我记得我本是赤条条的孩子，记得赤条条的孩子拥有山冈与河流，圆月与天空，晨曦与暮霭，记得这一切都属于我，连同狂暴的西风，狂暴的骤雨。我不怕失掉什么，风风雨雨中我只有赤条条的甜蜜，赤条条的欢乐，赤条条的对于大地的拥抱与诉说。

你好，青青的小竹林 ›››››››

你好，青青的小竹林，我向你问好，从遥远的祖国之都向你问好。

你好，生生死死和故乡连在一起的朋友，死而复归的绿树，死而复归的果林，死而复归的山茶花。在那些狂风横扫的时日里，你们都被砍伐了，都消失了，只在故乡的心中和我的心中，留下一片带泪的荒凉。

还有你，我童年时的伴侣，正直而满身秀气的小竹林。那一年我回去探望你，踏遍了山山水水，却找不到你那亭亭玉立的身姿，倩倩如梦的疏影。因为没有你，故乡苍老多了，她失去环佩似的花篮，星光似的灯辉，仙乐似的箫笛。

那清悠悠的笛声，那从水牛背上飘来的笛声，那在山坡上和草圃里轻扬的笛声，把憨厚的乡亲们的心事，一曲曲诉说给青山，诉说给绿水。没有这笛声，故乡就会感到寂寞。

呵，我童年的伴侣，我一直寻找着你，思念着你，我向故乡，向蓝天，向白云呼唤，向我所不知道的四面八方呼唤：还我青青竹，还我青青竹，还给我吧，还给我故乡翠盈盈的兄弟，还给我故乡清脆的笛声，正直的歌喉。

如今，你已归来了，我儿时的朋友。让我从远方祝福你，祝你更加秀美，更加温柔，愿你的歌永恒地伴随着故乡，伴随着乡亲们辛苦而奋发的生活。

月季颂 ››››››

我胸中那一盏日夜闪亮的小桔灯，是一朵月季花点燃的；

我心中那些飘忽的尘土，是一朵月季花上的露水洗净的；

我的沉睡的良知和沉睡的勇敢，是一朵月季花唤醒的。

我笔下的太阳、土地、人，我书中的人间、慈母、爱，是一朵月季花奉献的。为了奉献这一切，她曾经受过风的摧残，雨的剥夺。

我曾经在黑暗中徘徊过，在歧路中迷惘过，在劫难中哭泣过，然而，因为有这一朵月季花，我没有消极，没有颓废，没有堕落。

吃了上帝那么多的禁果，没有变成邪恶的蛇；踏进那么多艰险的禁区，没有在悬崖上撞碎灵魂的脊骨，只因为，这一朵月季花，像天使的火把，常常高擎在我的心头。

月季花，大地上最美的儿女；

月季花，人世间明亮的星斗；

月季花，是我亲爱的老师的名字；

月季花，是背着我涉过小河的那一位女老师的名字；

月季花，是天下所有的老师的名字，和星空、山岳一样神圣的名字。

迷误的海燕 ››››››

错把沙漠当作大海，一只天真的海燕，向白茫茫的战场冲击。

她悲壮地呐喊着，呼叫着。

炎热的地火沸腾着，逼迫着她，并很快地烤焦了她的羽毛，烤焦了她的呐喊和呼叫。然而，她仍然奋飞着，搏击着。

她终于发现羽翼下是一派死海。她记得她往日与之抗争的海——蔚蓝色的自然之王，是壮阔的。海浪喧啸着，海旗摇曳着，海鼓紧擂着。无尽的狂涛，无边的洪波。她见到海浪纷纷崛起，海树纷纷倒下。她的每一声呼叫，都在海岩上激起如雷的响声，海水纷纷变色。她的同伴战死了，然而，她看见了阵亡的壮观，看见了星光般的辉煌的归宿。

而眼下的海，只有沉默与炎热。波浪是死的。波峰也是死的。像坟，像铁屋，像废墟。偶尔见到一根枯草，又像朽了的死蛇。偶尔见到一泓旱湖，又像干涸了的泡沫，一片寂寞，连鬼也不在这里唱歌。羽翼被埋葬在这里，不会有一点声息；生命拼死在这里，没有一点波纹。呵，这是怎样的战场。

海燕绝望了。她放下羽翼，不再选择拼杀。她扑到沙漠上，紧紧地拥抱着凝固的火焰。她愿这凝固的火焰早些吞没她的寂寞，也早些吞没这场没有壮观、没有美的搏斗。

嫩草与沙漠的搏斗 ››››››

我梦见一群嫩草跨进了沙漠。

我梦见一群翠绿飘进了烈火。

我梦见一群顽皮的青春，闯进了荒疏。

于是，在我面前展开了一场巨大落差的较量，力量悬殊的搏斗。

蓝天、白云、高山、大海、星月、彩霞、生神、死神，还有我，都在注视着这场拼搏。

小草在沙漠身上撒下了根，像投进了匕首，直刺那干旱而枯燥的胸脯，于是，荒漠愤怒了，用火把翠绿烤成枯黄。于是冲锋的青春，负上了累累伤口。

然而，嫩草并没有死，她们的根悄悄地往沙漠的腹地中伸延，匕首，依然悄悄地深入。

我听见身旁的死神在狂笑。沙漠兴高采烈，向空中挥洒他的骄傲，沙石飞扬，连云彩也感受到他的狂热。

就在此时，风云突然变色，蓝天突然泼下倾盆大雨。

于是，奇迹出现了。枯黄又转成翠绿，翠绿像骏马似的在沙原上飞奔，并吞食着大漠上的烈火。复苏的青春把黄沙紧紧困住。死神惊呆了，在他面前，竟是一个从天而降的、绿意盎然的王国。

死神逃走了。我和蓝天、白云、星月一起欢呼，还听见生神对我说：

正是这些顽皮的小草，争来了大地的繁荣，支撑着春天的国度。

黎明的升华 ››››››

太阳从海中醒来，从海的噩梦中醒来。醒来的太阳把记忆留在黑色的波涛中，只带着金橙色的微笑和金橙色的汗水。

黎明的苏醒，是噩梦的结束。噩梦的结束，是大地与天空联合升华的壮观，是新鲜的光明对大海、群山和原野的拥抱，是浑圆的勇者追寻蓝天事业的开始，是清朗与透明对困惑与迷惘的告别，是一首辽阔的诗在一个痛苦的硬壳里的诞生。

噩梦后的诞生，是这样热烈，庄严，令人兴奋；噩梦后的黎明，是这样平静，安详，令人沉思。

我和我的土地上的鲜花和草木，向黎明问候。向醒来的黎明吸取激情，吸取思想，吸取追求的热烈与清新。我的生命总是在早晨中获得升华。

榕树的躯干 ››››››

当她蓬勃生长的时候，没想到年轻的躯干会发展出这样的奇观：庞大的枝群，遮天的绿叶，和白云相映成趣的繁荣与茂盛。

当她蓬勃生长的时候，没想到年轻的躯干会有这样的负累：沉重的树冠，寄生的树虫，腐朽的败叶，还有停泊在树顶上的炎热。

如今，她的躯干已爬满了古藤，开始失去青春的风采。然而，她仍然支撑着自己孕育出来的世界。这个世界在雷霆中摇动的时候，她把根紧咬着大地，独立着，继续支撑着生命的奇观。

躯干上的世界，是生命的光荣，还是生命的负累？是生命的骄傲，还是生命的噩梦？她都无暇顾及，她只顾用根紧咬着大地，只顾默默地支撑着。能支撑一片绿荫，一片繁荣，这是她的天职。

大河的苦闷 ››››››

都怪他的血液是混浊的，都怪他过于狂妄，都怪他日夜不停地呼啸，都怪他染污两岸的土地，缺乏山泉般的纯粹。

他苦闷极了。他梦想化为洁净的水，梦想着仙境似的肃穆与静止，梦想着不再疲倦地奔走，梦想着像明镜一样清澈，可照着许多游人快意的微笑。

然而，他又厌恶这些很美的梦。

他总是固执地爱着自己不息的沸腾，总是爱着自己追求大海的狂妄，总是爱着自己和高山峡谷搏斗的呼啸，甚至总是固执地爱着自己的混浊，奔流着的混浊，跳动着生命大脉搏的混浊。

他知道他的混浊打湿过河岸，然而，这混浊也灌溉过田野，养育过黄黄绿绿的新鲜与繁荣。

他知道有奔流就有呼啸，死亡总是静悄悄的。

他知道有奔流就有泥沙，死亡总是苍白而干净的。

他苦闷极了。然而他已不再苦闷，他知道唯有不息地奔流，才能穿越高山峡谷，才有无边无际的壮阔。

木棉的葬礼 ››››››

乘着红色的降落伞，一朵木棉花，带着火的旋律，飘入长满春草的庭院。

刚刚落到地上，就有暴雨来袭。雨暴剥夺了她的血和火焰，把她淹死在水里。

她的灵魂没有死。被风雨洗劫后，她悄悄地撒出一团薄纱，缓缓地把自己的尸首覆盖，完成了很轻很轻的葬礼。

草间的葬礼，没有一点声响，没有一滴眼泪，没有一个亲朋前来送别。

该有怨恨？该有悲哀？该有寂寞？都没有。她是大自然中平凡的一员，她只能在生时献给天空一支鲜明的火把，死时给自己构筑一座洁白的坟茔。

雪白的黄枝花 ››››››

院子里只有一棵黄枝树，树上只有一朵黄枝花。

这是春雨后才开的花，雪白的花。唯一的一朵，孤单单的一朵。孤独地咀嚼着早晨，寂寞地抚摸过黄昏。月光下，她在疏影中做着梦，所有的心事都是惨白的。

立夏时，树上已开满了鲜花，黄的，淡黄的，白的，淡白的，轰轰烈烈，一朵艳似一朵。但那一朵最先开放的花已经死了。大约化作树的精魂，正在地底唱着歌。大约不是哀怨的歌，而是祝福的歌。

唯有美丽的心灵能把我征服

故乡，你是我童年时代的欢乐。
故乡，你是我青年时代的寂寞。
故乡，你是我中年时代的纯朴。
故乡，如果我的一生不算虚度，
此时该可以自豪地对你说——
故乡，我今生今世的归宿。

唯有美丽的心灵能把我征服

已到过颤抖的高山，已见过抽搐的悬崖，已走过风波险峻的道路。

没有和高山一起颤抖，没有和悬崖一起抽搐，没有在险峻的路上被艰辛所俘虏。

一切苦难都未能把我压倒，而你那信实的心灵却把我征服。

多么美好的心灵呵，积淀着星光、月光与阳光，积淀着山岳的峻拔与河水的仁厚，积淀着长城的砖石和圆明园的残柱，积淀着人民的疾苦和他人的寄托，积淀着母亲的悲欢与孩子的憧憬，积淀着书生的正直和农家子的憨厚，积淀着北国的每一片雪白，江南的每一缕柔蓝。

我的心被你征服。如今，它常被囚在你的心里。在你那明丽的世界里，我不再怀疑明天，不再怀疑生活。

乡恋 ››››››

小时候，沉醉在绿意绵绵的草圃，沉醉在水清如银的小河。艳阳下，山坡上，和村里的小兄弟追逐蜻蜓，采掇山果。我摘下一朵杜鹃花，插在堂妹子的头上——

故乡，你是我童年时代的欢乐。

长大了，远离了家乡，远离了故土。在遥远的北国，对着纷纷飘落的白雪，想起了慈母的白发，想起了爱人的眼泪——

故乡，你是我青年时代的寂寞。

如今，什么都见到了，名园花圃，大厦高楼，近处的轻歌，远处的曼舞。然而，常记得风中的弟兄，雨中的稻谷，不敢在花里奢侈，酒中沉浮——

故乡，你是我中年时代的纯朴。

明天，生命的黄昏就要来临，垂暮的日子没有什么苛求。繁忙中，心事该是连着浩茫的广宇，正直的大街，也该连着寂静的村庄，弯曲的小路。

故乡，如果我的一生不算虚度，此时该可以自豪地对你说——

故乡，我今生今世的归宿。

我对命运这样说 ››››››

1

还没有记忆的时候，你就闯进我的生活。你是谁？冥冥时空中，何处是你的家乡？哪里是你的归宿？你知道吗？我叩问过一万次关于你的谜。

你跟随着人类，跟随着世纪，来也神秘，去也神秘，歌也匆匆，哭也匆匆。我分明感到你就在身边，为什么看不到你的眼睛，见不到你的身影？

你这有声有色的虚无，无影无踪的实有。我看不见你，但我感到你的呼吸，你的权威。我曾抚摸过你的残暴，也抚摸过你的温柔，曾感受过你的专横，也体验过你的仁厚。我知道你游荡在爱与恨之间，生与死之界，但我看不见你，不知道你是什么模样。

昨夜我在梦里见到你，你仿佛是一个马戏团的戏子，戴着小丑的高帽，挥动着枯萎的树枝，戏弄着所有的看客。

古往今来，有人匍匐在你的脚下，有人颤抖在你的面前，或作绝望的抗争，或作希望的祈求，你都无动于衷。你高傲又谦卑，悭吝又豁达。你随时都可以拥抱我，又随时都可以抛弃我。

今日你赠给人们以鲜花，明日你却洒给人们以苦泪。

我和你，总是隔着一层雾。雾中看着你，总有解不开的朦胧，穿不透的模糊，猜不完的玄奥。

2

我的祖先告诉我，你是魔。在遥远的古希腊，人类还处在孩提时代，你就迷乱了人们的眼睛，让他们不认识自己，也不认识自己的母亲，你竟让他们犯下了娶母杀父的罪恶。作孽呵，母亲的怀抱，竟成了万劫不复的深渊。

人类成熟了，你又玩着古老的伎俩，悄悄地跟在人类的背后，等待着他们的失败与迷惘，然后狠狠地把他们俘虏，把他们杀戮。那位和浮士德打赌的魔鬼，不就是你吗？你的心那么冷酷，随时准备爆破孩子砌成的高楼，随时准备审判智慧的错误。

你这货真价实的魔鬼，我已看穿你的面具和面具后的罪录：你把贫穷带给善良的茅屋，把皮鞭交给狂妄的庸夫，把花环赠给无聊的骗子，把洪水带给纯朴的村落。

3

可是，我又听到你的辩护：

我并非魔鬼，而是天使。我有天使的彩翼和眼睛。是我把你带到母亲的怀抱——生命永恒的热土；你一降生就进入温馨的家园，家园里有生命的温泉，洁白的乳汁。因为有这家园，你童年的灵魂，才无需到处漂泊。

俄狄浦斯王的罪孽不是我的罪孽，我早已化作神与先知，给他指示和告诫。可是他带着不可遏止的情欲，依然戴上忒拜城的王冠。因为我的打赌，浮士德才完成了人生辉煌的征服。人类充满着惰性与邪恶，没有我的皮鞭和赌注，他们宁愿沉睡与满足。

我给采集者献以创造的极乐，给颓废者罚以精神的虚空，给怯懦者安顿在阴冷的墙角，给刚强者展示宽广的道路。所有锲而不舍的寻找者，都是我的友人。我给他们艰难险阻，只是为了激发他们的生命的巨浪；我逼迫他们流下的眼泪，只是为了洗明求索的眼睛。

4

我思索了漫长的时日，无法驳斥命运之神的辩护。

她是谁呢？我说不清。她该半是魔鬼，半是天使，半是狼，半是鸽子，半是我的敌人，半是我的朋友。

给我这么多痛苦，给我这么多折磨，给我这么多虚幻的期待，给我这么多实在的战斗。每天都在奔波，但不知道，奔波是为了战胜她给我的厄运，还是为了去接受她给我的诱惑？生命中那些难忘的欢乐，不知道是她的赠予，还是我的汗水的报酬？

让她去吧，我不再思索。让她去吧，我不再困惑。我相信她是强大的，但我也并不软弱。我相信我可以成为她的主宰，即使主宰不了，也决不甘心作她的奴仆。我甩开她的阴影，将自己寻找，自己选择，自己掌握。自己造就自己的心灵，自己保卫自己的魂魄。我自己赋予自己以强大的力量，挟着她，让她和我一起追求。即使挟不住她，也不会让她牵着走：让我浩歌而癫狂，我不愿意，让我煮酒而沉沦，我不愿意；让我颂扬命运的铁拳，我不愿意，让我背叛自己的良知，我不愿意；让我停止求索的脚步，我不愿意，让我冻结胸中的火焰，我不愿意；让我对辛勤的园丁和他的花朵求全责备，我不愿意。不管她是魔鬼还是天使，我都不被她征服。不屈服于命运之神的诱惑与调遣，这才是人的生活。

慈母颂 ››››››

1

为了我和我的兄弟姐妹，妈妈，你把头发熬白了。翻开你年轻时的照片，你是那么秀丽而端庄。你微笑着，多么像蒙娜丽莎；你沉思着，多么像米开朗琪罗笔下的圣母。可是，你老了，为了我和我的兄弟姐妹，你付出了诗一样的青春，画一样的美貌，只留下雪一样的华发。

你苍老了，但你的历史的美并没有消失，你的现实的美也没有消失。像翻阅你往昔的照片，我常常翻阅着你永动的心灵，永存的慈祥。今天，我要高高举起你的名字，像高举故乡的松明点燃的火把，传播你那很少人知道的光明。从家乡那些狭窄的田埂走上眼前这宽广的大道，我一直在寻觅着精神上的维纳斯与海伦，然而，直到今天，我最爱的还是你，一切美丽名字中最美的名字就是你，妈妈。

用不着神灵的启示，当我还在摇篮里贪婪地望着世界时，就听懂那些朦胧的歌声，我知道那是你的祝福；随后，就从摇篮边看到一轮发光的太阳，那就是你的眼睛。还没有从摇篮里站起，就知道摇篮外有无穷的爱，那是你给我的数不清的腮边的亲吻。妈妈，第一个为我的快乐而欢笑的，第一个为我的啼哭而不安的，就是你。当我知道我的赤裸裸的、强健的身躯是你创造的时候，我就领悟到你的神奇和神圣，我扑到你那蓄满人间的全部温存的怀里，把脸贴近你的丰满的乳房，再一次吮啜你的圣洁的生命。在你那永远难知的爱的悸动里，我襁褓的心，开始向往，朝着大地与天空作无边的遐想。那时，你抚摸着我的头发，指尖的阳光一直射进我灵魂的深渊，妈妈，你以你的抚爱，构筑了我人生的第一个天堂，原初的，模糊的，然而终古常新的天堂。

2

你还记得吗？妈妈，当我还在悄悄学步时，你就教我爱，教我爱青山，爱绿树，爱翩翩而飞的蝴蝶和孜孜而忙的小蚂蚁。

你不许我踩死路边的任何一株小花和小草。你说，小花与小草是故乡的微笑，不要踩死这微笑，不要踩死微笑着的生命。这些小花小草都会唱歌，会唱橘黄色与翡翠色的歌，会唱渴念雨水和渴念阳光的歌。于是，小花小草成了我童年的伴侣，我把许多心事都向她们诉说。有一回，我的眼泪滴落在小草的脸上，化作她的一颗伤心的露珠。

我曾憎恨蜇刺过我的蜜蜂，焦急地等待着报复的时刻。而你，不许我恨，你说，不要忘记她在辛苦地采集，勤劳地酿着甜蜜。要多多记住她的蜜，不要记住她的刺。要宽恕地上这些聪明而带刺的小生命。

在中学的作文本上，我呼喊着“向大自然开战”，所有的同学都赞美我的宣言。唯有你，轻轻摇头。你用慈母的坦率说，我不喜欢你这股气，空洞而冷漠。我愿你酷爱大自然，酷爱人类这一最伟大的朋友。要爱她的一切，包括爱严酷的沙漠，只有爱她，才能把她变成绿洲。不要动不动就说搏斗，不要动不动就说恩仇。即使是搏斗，也是为了爱，为了谴责那些无爱的毒蛇猛兽。没有爱的恨，就是兽性的凶残，人性的堕落。

3

你那么傻，年纪轻轻时就守寡，背负着古老的鬼魂而过着寂寞的生活。我不歌颂你的寂寞，但我要歌颂你在寂寞中的奋斗。生活多么艰难呵，为了我和我的兄弟姐妹，你在险峻的崖边上砍柴，在暴风雨下抢收倒伏的稻谷，为了抢救弟弟突来的重病，你在深夜里，穿过那一片林深苔滑的山岭。看你现在的手，比树皮还有更多的皱纹。

“我该怎么感激你？妈妈，该怎么报答你为孩子所做的牺牲？”你很不满意我的提问，在那棵大榕树下，你是那样认真地对我说：不要这样想，不要旋转着“恩惠”、“报答”这些念头。将来你干出一番事业，也不要轻易地说什么牺牲了自己而为别人造福。不要这么说，其实你并没有牺牲，你为他人奋斗时候，也造就了你自己。世上的天堂，就在你广阔而热爱他人的心头。我因为爱你们，所以我比你们更幸福。因为你们吮吸我的乳汁，我才感到自己是个母亲。因为你们在我怀里天使般地酣睡，我才感到自己置身于圣灵荫庇的教堂之中。没有你们的活泼的生命，哪有我自豪的梦魂。爱者比被爱者更幸福。

呵，母亲，哲学家似的母亲，很少人认识的平凡的母亲，我记住你的话，记住你这灵魂里流出来的深奥难测的歌声。

自从我心底缭绕着你深奥的歌声，我才懂得唯有把爱推广到人间，才有灿烂的人生。为他人，将比他人更加荣幸；一切，一切，都是我的本分；一切，一切，都是我自身所需求的旅程。说什么有功于他人，我只记得有功于自身——有功于我的自我实现，有功于我的自我完成。

亲爱的母亲，像大地一样慈蔼的妈妈，你心灵里的歌声，比圣人的教导还叩动我的心弦，因为有你的歌声，我不再傲视世界，不再傲视他人，不再相信那些宣告“我不入地狱谁来入”的英雄，我把他人与自身融合为一个美丽的境界，一种博大而单纯的灵魂。

4

妈妈，我和弟弟妹妹，好几次问你，从少年时代问到青年时代：“你为什么爱我，为什么为我们付出一生？”

你总是说，我不知道，我不知道，不知道在爱你们，一点也不知道。

有一次温和的妈妈竟然生气了，指责我们，不要问，不要问，不要问这是为什么！我要告诉天下所有的孩子，母亲的爱就是纯粹的爱，天然的爱，无条件的爱，为爱而爱。就是说不清为什么爱的爱。妈妈，你生气时多么美丽呵，像秋日的太阳，喷发时也充满着温柔的黄金。可是，直到很久以后，我才明白你的这些母爱的宣言。是呵，唯有不求报偿的爱，唯有连自己也意识不到的、从高贵的天性中自然涌流出来的爱，才是真实的。妈妈，你就是这样无条件地爱我，从心灵的最深处把爱献给你的儿子。

我知道，即使我长得像个丑八怪，你也会爱我的；

即使我脾气暴躁得像家乡的水牛，你也会爱我的；

即使我贫穷得沿街流浪，你也会爱我的；

即使我被打入地狱，你也会用慈母的光明，照亮我痛苦的心胸的。

你的无所不在的光明，比天上的阳光还强大，你的爱能穿透一切云雾，一切屏障，一切厚重的铁壁和地层。

亲爱的妈妈，唯有在你辽阔的心胸里，能容纳我灵魂变化万千的宇宙：悲与喜，冷与热，欢乐与忧伤，希望与忏悔，亢奋与寂寞，歌吟与诅咒。唯有在你的辽阔的母性海洋里，能够容纳我的一切心底的秘密，一切人类天性赋予我的动荡不定的波涛，还有一切社会难以容纳的贫穷的朋友，一切已经沉沦而没有地位的失足者。

妈妈，当你容纳我的一切时，你从来也不准备和我一起承受人世的光荣，你只准备着为儿女背负灵魂的重担，准备着为我和我的兄弟姐妹承受一切苦恼与忧伤，还有一切突然来袭的风暴。当鲜花织成桂冠佩戴在我身上的时候，我看到你还是伏在地上，默默地、机械地搓洗着我和孩子们的衣服，汗水依旧像小河那样在脸上涌流。不管屋外有什么风云转换，你的汗水总是静悄悄地流……

5

比海洋还要深广的母爱呵！如果人们问我为什么热爱家乡，我要说，因为家乡里有我的母亲，白发苍苍的母亲，朝夕思念着我的母亲。妈妈，今天你又到了遥远的地方，不管你走到哪里，你就是我永远眷恋着的故乡。你的眼泪，就是我故乡土地上甘美的泉水；你的语言，就是缭绕于我的心坎的乡音；你的嘴唇，就是家乡芬芳的泥土；你的双手，就是故园那些苍劲的青松。而你的心灵，就是我的爱的旗帜，生的警钟，死的归宿。

母亲，你不管走到哪里，都会把爱带到那里。把檀香般芬芳的爱播向整个人间的圣者就是你，我的妈妈。家屋的门槛不能限制你的爱，故乡的门槛不能限制你的爱，世界上所有的门槛都不能限制你心中爱的大河。从地上的星星到天上的星星，从身旁的弟兄到远方的弟兄，你都会献予衷心的祝福。你教会我，爱是不会有边界的，就像太阳的光辉，超越一切界限地把温暖和光明，投射到四海之内的每一个兄弟姐妹。

6

你为人间的邪恶痛苦过。那些为了虚荣互相厮杀的人，那些为一种霸权把无数生命投进战火的赌徒，都使你愤怒。憎恨使你的心受到折磨。但你也怜悯过他们，这些可怜的灵魂。堕落的暴徒多么悲惨呵，他们的名字将永远像沉重的鬼魂被钉在耻辱柱上，无论岁月怎么变迁，时空怎么移动，他们都要受到永恒的诅咒，连他的母亲也要蒙受污辱。对人类失去爱的罪人，必定被历史所憎恶。呵，可恶而可怜的人生，叫你永远困惑和悲悯的另一种人生。

妈妈，你曾经委屈过，你的高贵的母性，曾经被蔑视过，在那个所有的爱都垂死的岁月，我也被怂恿过，也蔑视过你的爱。我把鲜花扔到路旁，把小草碾碎在脚下，把兄弟姐妹当作仇敌。在心灵里丢失过你爱的歌声。我谴责过你给我太多的软弱，使我缺少厮杀的本领，破坏的热情。妈妈，在那些严酷的日子里，你悄悄地流过许多眼泪，为你的孩子，为其他母亲的孩子。

你曾经慌恐地找到其他的母亲，你的眼神变得那么怅惘，手变得那么冰凉，在社会大风雪中被冻坏了的妈妈，带着爱的悸动与女人的惊魂的妈妈。你和其他妈妈无能为力，只有心在颤抖，在呼吁：快结束吧，兄弟姐妹互相厮杀的战争；赶快走吧，赶走孩子心中不幸的魔鬼的阴影；快回来吧，孩子儿时那一双眼睛，那一份善良，那一脉天真。但你没有力量，往昔的母亲的歌，唱不起来了，只化作一颗颗眼泪，在火炉边悄悄地掉落。

原谅我吧，妈妈，在那些狂潮把我俘虏的岁月，你儿子的荒唐仅仅由于无知，但他并没有堕落。你在儿子身上播下的爱的因子，毕竟没有死亡。它在我的心底留下一点火星，这些微弱的光明使混沌迷路的我，从黑暗的森林里逐步挣扎出来，虽然失掉许多情意，但没有变成像魔鬼那样冷漠，感谢你呵，母亲，你播下的爱，拯救了我的灵魂。

我今天又拾起你的往昔的歌。妈妈，我要唱，轻轻地唱，唱给所有的绿叶与红叶，唱给所有的小草和小花，唱给所有的小路和大路，唱给所有的灯光和星光，很轻很轻的歌，很重很重的歌，只有你听得见，只有你听得清，遥远的母亲，遥远的故乡的心灵，遥远的中华的心灵。

死之梦 ››››››

黑色的夜。

我梦见了死。梦见了白色的死神，穿着轻盈的羽衣，给我发出死的通知。

一张冰冷的纸片。没有人世间的繁琐，通知简洁极了。死，已无可辩驳。

我不怕死，并涌起一阵死的大欢喜。

谢谢你，彼岸的使者。你来了，你知道我太疲倦了，应当结束劳累和困顿，应当让我在仁慈的地母怀里休息了。那里有泥的香味，草的低语，泉的轻吟，还有供我沉思的小土屋。

我真高兴，从此我的心灵再也不必负载沉重的世界，不必像一根紧绷的弦，时刻准备弹回突然来袭的响箭，也不必再去理会那些悲剧性的纠缠，闹剧性的判决。我真不愿看见没有灵的肉，没有爱的胸脯，也不愿看见没有肉的灵，没有活气的漂浮的语言。

常被拖入本没有战场的战场。没有壮阔，只有令人窒息的硝烟。还不如早些离开这硝烟好。然而，一旦走开，硝烟又要说我胆怯，它又可以得到虚假的凯旋，而且还用凯旋的虚假去窒息其他无辜的花草。亲爱的死神，谢谢你，此刻你用你的通知使我名正言顺地摆脱这些战场，又不必背负怯懦的罪名，你真好。

那些蚊子真讨厌，今后可以不管它们了。蚊子大约不愿意吃死人的肉。蚊子大约不愿意和我一起入地狱。地狱里大约没有蚊子。苍蝇、跳蚤、蚊子，与人类为敌的“夏三虫”，鲁迅最讨厌的是蚊子，我因为爱鲁迅，也最讨厌蚊子。吸血时还要唱歌，歌声又那么单调。晴朗的夜空，和平的圆月，山好水好的土地，我本该多多耕耘，可蚊子老是唱着歌。这回死了，再也听不见了。死了大约没有知觉。否则，该可以安静地欣赏一下山那边的红霞和明月。我的生命的火焰，是红霞点燃的。我的心灵的尘土，是月华洗净的。童年时代的心灵总是受到月华的抚爱，所以它总是那样纯洁。如今连与明月相会的时间都没有了，真可怕，没有红霞的祝福和明月的洗涤，哪能有身体的健康与灵魂的健康呢？

死，真神奇。静悄悄地熄灭，静悄悄地变动。因为我的死，许多眼里仇恨的火焰熄灭了，牙齿也没有声响。本想把我送入地狱，这会儿也说是送我升入天堂，还说允许我歌唱，像初春的百鸟一样自由地争啼。我很高兴，但我开不了口，我憎恶我开不了口。死，真是扭转世界的杠杆。我真喜欢死，我真崇拜死。

可是，我的梦突然破碎了。另一场梦又在破碎中诞生，像破壳而出的小雏鹰。我梦见我不愿意死。我看见生与死之间只隔着一条小河。不顾死神的愤怒，我撕碎那张死亡的通知。你这穷凶极恶的死神，滚吧，你以为我会接受你的通知吗？不，我偏偏还要活在人间，偏偏还要挺着脊梁活在人间。

死神却冷冷地告诉我：死是不可抗拒的，谁也没有力量撕破这张死亡的通知。

我终于感到死的不可避免，于是，我感到死的大苦痛。

等待着我的前方竟是虚无，竟是实实在在的永恒的虚无。我不爱虚无，不愿意在虚无中满足。生时我就不喜欢虚无的哲学。我爱庄子是因为他的文采和他的雄辩。我习惯于踩着铁蒺藜的征战和被逼到悬崖上的拼搏。邪恶并不可怕，与他们周旋一番不算壮观，但毕竟也是生活。蚊子觅血的歌，也不妨听听。阳光四射的白昼，蚊子其实很少，因为厌恶蚊子而厌弃生活，才是真的堕落。

我不愿意死，不愿意告别我喜欢的太阳、土地、人，不愿意远离星光、月光和遥远的宇宙之光。我还想知道飞碟的谜和许多别的谜。这谜里的微笑是我童年时代的长着金丝发的公主。无边无际的太空中真的没有小花和小草吗？真的没有一片令人倾心的绿叶与红叶吗？我不信。带着那么多美丽的困惑到小土屋长睡，我睡不着。

还有这眼前的一切：红色的旗帜，蓝色的日记本，又红又蓝的铅笔，似悲似喜的书籍，新译好的聂鲁达和艾略特的诗歌，小墙上带着忧思的罗丹的少女，窗台上素洁如玉的水仙花，晨曦中女儿正在弹奏的汤姆森的仙宫曲。真想再听一听这曲子，仙宫毕竟在现实的地上，毕竟在劳动不息的人生中。我真喜欢莎士比亚的至死情深、没有势利眼的苔丝德蒙娜，真喜欢托尔斯泰的情感热烈到犯错误的娜塔莎，真喜欢曹雪芹的那位爱哭而爱嫉妒的林黛玉，就连罗曼·罗兰的那位清高而懒散的萨皮纳，我也喜欢。对于他们，我还有些话要说，我还要献给她们一点评论的文字。

死，真神奇。它竟唤起我那么多的回忆，那么多的情感。一切一切，都在瞬息间涌来，汇聚、冲撞。一切都使我重新感到她的迷人：刚刚展示的大街，悄悄崛起的高楼，使劲转动的游乐场，纵情高歌的音乐厅，飞翔的白鸽，痴情的大雁，房前的绿柳，屋后的凉亭，正在转青的山河，正在翻身的田野，儿时就和我的心灵连在一起的村庄。还有这灿烂的一切，与民族共忏悔的《真话集》，与大海同气魄的《管锥编》，埋藏在笑声底下的作家的眼泪，颤动在诅咒底下的诗人的悲悯，身边的《钟鼓楼》，远方的《绿化树》，透明的“红萝卜”，朦胧的“小鲍庄”，催我落泪的“春之声”，还我欢乐的“海之梦”，说不完，说不完，说不完的、死不了的留恋。

幽深的月夜消失了，梦也消失了。我记起梦的欢乐与悲哀，记起死的狡黠与力量，但我仍然崇拜生，崇拜没有梦和死的白天。死是容易的，生却很艰难，一切壮观都产生于生中，连死的壮观也是生时所设计的。

我生着，我唱生的歌。

梦之死 ››››››

我梦见：我的梦死了，死得无影无踪。

我的梦，曾是《第一钢琴协奏曲》。壮丽，华美，伴随着天边的日出与日落。

我的梦，曾是立体大彩球。赤橙黄绿，七色缤纷，每一束光波都很美丽。

我的梦，曾是一只小白鸽，和平，温柔，常含着爱的青枝，寻找着真诚的朋友。

然而，我的梦死了。

不知道怎么死的，不知道哪一刻死的。在有圆月的夜晚，梦不再来；在没有圆月的夜晚，梦不再来。

钢琴没有声响，彩球不再起舞，鸽子不再飞翔。度过许多无梦的夜晚，我感到寂寞。在和煦的月光下，我想念着梦，渴望着梦的再生，像初恋时的期待，在绝望与希望之间。

梦果然来了。然而，那是一场乏味的梦，是一场关于死的梦，梦的是乏味的死神。梦的是生生死死的告别。死的梦缺少亮色，也缺少大团圆的欢乐。但毕竟是梦，毕竟是爱爱仇仇的梦，梦里毕竟有血的涌流与泪的涌流，爱爱仇仇毕竟是人的风采，人的灵与肉。

那一次梦逝去之后，已经很久了，梦不再来。不顾我的思念和我的祈求，梦不再来。而且，连死之梦也不再来。

血在躯壳里凝固，泪在灵魂里凝固。只有凝固的睡眠，只有欢乐与痛苦都已凝固的睡眠。

睡境里是一片荒漠，甚至连荒漠也不是，只有黑影，只有白光，甚至连黑影与白光也没有，只有鼾声，空洞的鼾声；只有混沌，不冷不热的混沌。

我告诉女儿：我的梦死了。她摇摇头。她说她在她的梦里，看见我在做梦。她说我的梦仍然放着光彩，梦乡仍然是繁荣的。她看见那里有巍峨的群山，有奔流的大河，有雨后的土地。群山是不会死的，大河是不会死的，土地是不会死的。她说她在梦里看见永远的巍峨，永远的奔流，永远的青翠与辽阔。

我很高兴，我不愿意怀疑女儿梦的实有，女儿的心灵不掺一点假。

思念你时，我不再忧伤 ›››››››

故乡，听说你不再干旱，不再贫穷。养育过我的田野长满了肥美的禾黍，关爱过我的青山长满新生的果林。我的辛苦劳累的父老兄弟，又在月光下听着醉人的蛙声，舒心地点起一支香烟。

亲爱的故乡，思念你时，我不再难过。如果你见到随着北国的轻风飘去的雨点，那不再是我的眼泪。

我曾经害怕思念你，曾经害怕梦见你。我不愿意想起那些小声的叹息，大声的吆喝。不愿意想起你为一个工分而争吵，为几两油盐而烦恼，不愿意在温暖的思念里夹带着寒冷的忧伤。

亲爱的故乡，我的心注定要和你相连。血脉里注定要流淌着故乡的河水，胸脯里注定要坐落故乡的高山。只要故乡的小河安宁地奔流，只要故乡的月下常有舒心的笑声，我的歌就不会凄凉，心头曾经凄凉的那一个角落，将灌满故园稻麦的芳香。

致老师 ››››››

饮过许多天风海涛之后，多么想念故乡那飘散着花香与草香的操场呵，那一个留着你的足迹也留着我的足迹的操场。你还在那个操场上默想与散步吗，亲爱的老师？

你的歌声和你的故事，就在这个操场上流进我的心灵。很久以后才知道，第一个在我生命世界里构筑另一个世界的，就是你。你铺下第一块砖石的世界，如今变得这样广阔，如蓝天，如蓝海，与遥远的星空和遥远的历史相接。

就在这个操场上，你在我胸前点起一团火焰。你说，这团火焰是太阳的一角，但属于你。当路上缺少明月与星光的时候，要记住火焰就在你自己的身上。亲爱的老师，因为记住你的话，在那些严峻的日子里，我没有跟着黑暗的动物走进黑暗的森林。

也是在这个操场上，我向你告别。你知道我就要走向远方，也许永远不能返回你的身旁。你献给我没有滴落的泪珠和轻轻滴落的叮咛：你走吧，去寻找，重要的是不停止寻找。亲爱的老师，自从那个时候起，我便不断地寻找和追求，从不把生命的帆篷稍稍降落，从不相信人间极境会展示在我的眼前。

我不相信神，因为神告诉我：不要再寻找了，这里就是你寻找的彼岸，精神的乐土，灵魂的家园。我相信你，因为你告诉我：永远没有归宿，永远没有终点，你达到的每一程，每一站，永远只是你的起点，你的此岸，你的长途跋涉的开端。于是，我带着你掉落的叮咛不断地寻找着，直至今天这幽深的夜晚。

谢谢你，飘散着花香与草香的操场；谢谢你，飘扬过老师的歌声和故事的操场。

我怪仁慈的妈妈 ››››››

我有时会怪仁慈的妈妈，会怪那位温柔得像天使的女老师，她们总是给我朗读玫瑰色的诗句，玫瑰色的散文，玫瑰色的童话。

于是，我心中积淀起玫瑰色的世界，血液里洋溢着玫瑰色的光波。我以为社会的大门一打开，等待着我的会是玫瑰色的鲜花，玫瑰色的梦，玫瑰色的生活。

然而，走上人生的旅途，却见到路上有许多白的风雪，黄的泥泞，黑的沟壑。欢乐里伴随着苦楚，拼搏中常有泪水把眼睛模糊。命运之神仁慈而严酷。我看不到妈妈和老师说的玫瑰色的天堂，于是，我流泪，流过许多女孩子般的软弱的泪。在一次劫波中，差一些被命运所击倒，灵魂差一点直不起腰杆。

幸而生活毕竟是最伟大的导师，它教会我欢乐，也教会我奋斗。一旦苦水灌满了咽喉，也学会了正直地倾吐；既然风雨不断，总得学会勇敢与沉着。

想起仁慈的妈妈与温柔的老师，我总是爱她们，又怪她们……

你成熟了，我的母亲 ›››››››

十月一日上午，我和赴日访问的中国青年代表团的其他朋友，在大阪的电视屏幕上，观看庆祝国庆三十五周年的盛典。

1

你又昂起头颅前进了，我的古老的母亲，你又闪动着迷人的睫毛前进了，我的青春的母亲。

在大洋的彼岸，你的孩子在凝望着你的英姿，你的步伐。典雅的红灯，明艳的广场，欢笑的姐妹，雄壮的部队，全在我眼睛的湖水里闪烁。隔着波涛滚滚的大洋，你的脸容还是这样明晰，你的足音还是这样响亮。亲爱的母亲，我听到你强大血脉的搏动，你感受到我心灵强烈的震颤吗?

2

已经抹掉痛苦的泪水了，我的母亲；已经治好十年大火留下的创伤了，我的母亲；已经用希望的弦乐代替了失望的叹息了，我的母亲；已经把重新燃烧的目光，投向黎明后的大地与天空了，我的母亲。

你的步伐是这样坚定。这样坚定地走着自己选择的道路，付出那么高昂的代价才找到的道路。伟大的脚板上流过许多探求的血才踏上的道路。

你是这样刚毅地告别昨天，大踏步地告别，不再回头地告别。我看到你告别了清一色蓝制服的时代，清一色不思考的时代，我看到你告别了兄弟姐妹互相折磨的岁月，男女老少眼神呆板的岁月。我还看到你在告别刻板的公式，干枯的哲学，空洞的浮嚣，窒息你儿女青春活力的教条。我看到你在告别陪伴你很久很久的落后与贫困，纠缠你很久很久的动荡与不安!

亲爱的母亲，当你在作伟大的历史告别时，你知道吗？你的儿女为你的告别而心中充满着温暖，眼里充满着泪珠。

3

你的儿女最了解你，知道你昨天承受过怎样的艰辛。

昨天的大风雪曾经从你头上倾泻而下，混乱的斗争曾经撕碎过你慈祥的心灵，污染过你青春的秀发。就在这个广场上，我细细地端详过你；寒风中，佩戴着白花，颤抖着冰冷的嘴唇，为失去一个伟大的儿子和许多心爱的儿女，哭湿了困惑的眼睛。

然而，你又从风雪中站立起来了，今天我又看到你的眼睛，像雨后的太阳一样明亮，我又看到你的嘴唇，比蒙娜丽莎的微笑还要迷人。

呵，母亲。你永远为你的儿子所依恋，所爱敬，因为你永远不会被艰难的命运所击倒，任何人间的风寒，都不会冻僵你坚韧的心灵。

4

你成熟了，母亲，在秋日的阳光下，我分明地看到你的成熟的眼光：豪迈而镇定，热烈而冷静。

你成熟了，你从苦难中学会了很多，学会了爱，学会了珍惜，学会了严肃而生气勃勃的前行。学会了把慈母的心连着儿女的冷暖、家园的昌盛。呵，母亲，你在艰难的岁月中丰富了的母性，比海洋还要深广的母性，觉醒了，成熟了。

你成熟了，你不再是个书呆子，只会背诵已知的本本；你成熟了，你不再是个“红卫兵”，只会狂热地空喊和挥动着幼稚的拳头；你成熟了，不再是个浪漫的大姑娘，整天沉湎于无谓的猜想和追求着离奇的故事。你成熟了，我的青春的母亲。

你成熟了，你的步伐那么强健，目光投得那么遥远，我清清楚楚地看到现代的乡村和未来的城市在你眼里驰骋，太平洋与大西洋的波涛在你眼里跃动，高远的蓝天与无边的星空在你眼里闪光，大群的白鸽在你眼里飞翔，宽广的大道在你眼里伸展。你已驱赶了充塞于胸中的惰性气流，展示了心灵广阔的空间，你已推开封闭的门户，向世界投以开放性的眼光。有了这样的眼光，亲爱的母亲，你不再自我满足，不再欣赏贫穷，你的大街将通向繁华的世界，你的船只将注满着开拓与进取的力量。

5

和我一起在屏幕前观赏的异邦朋友，紧紧地握着我的手，向我祝贺：你的母亲多么美呵，你的兄弟姐妹多么有精神！

我感受到友人手中的暖流，心中真实的祝福。

是的，我的母亲是很美的，这是在浩劫的烈火中提纯过的崇高美。

是的，我的兄弟姐妹是很精神的，这是一群从炼狱中升华了的不屈的灵魂。

我不在真诚的友人面前过多地谦逊。我曾和母亲一起在风雨中痛哭过，今天我要和母亲一起痛痛快快地欢乐一场，在友人面前和母亲一起挥洒我满心的自豪。我要和友人一起，斟一盅满满的葡萄酒，为我大步前进的母亲，为我重新挺起胸脯的父母之邦，仰头痛饮，让美酒把我的脸和我的心都烧得通红通红！

灵魂的复活 ›››››››

那十年，难忘的十年。

那十年，我的灵魂在坟里埋葬过。

那是我自己和别人一起制造的坟，那是奇特而真实的坟。没有泥土的覆盖，没有野草的装点，没有阴的洞穴和阳的墓碑，然而，明明是坟，空荡荡的，黑幽幽的。

我在那里死过，和许多人一起埋在那里。埋的时候有许多很美的殉葬品：故乡给我的童心，母亲给我的热肠，姐姐给我的绣着白鸽的手绢，少年时就珍藏着的《爱的教育》，青年时还常常流淌着的、温热的泪。还有那一片真情，那一缕思念，那一声永难消逝的祝福。一切，一切，都和我埋在那里。

人们都说人的躯壳死了，灵魂还活着。而我，灵魂在坟里先死了，躯壳却在坟外活着，跳着，在广场与大街上高喊着，挥动着纸糊的小旗。

在坟里什么也听不见，连自己狂喊的声音。真的，什么也听不见。据说，就在我身旁，有昆虫在树荫下嗡嗡作响，有蚂蚁在岩缝里忙忙碌碌，有战士在大道上悲壮地战斗。但我没有感觉，连我妈妈的哭泣，连我的老师在牛棚里的叹息，也听不见。

真的死在坟里了。我分不清白天与黑夜，红色与白色，火热与冰冷，阴谋与阳谋，我分不清，分不清人界与鬼界。

我自己仿佛也是一个魔鬼，习惯于观赏那些暴殄天物的魔的戏剧，习惯于欣赏那些没有真诚的鬼话，而听到人的声音，见到人的情爱，遇到心灵的温泉和个性的萌动，就会和别人一起发笑。笑的声音也不像人的声音，连饱经风霜的妈妈听了也害怕。

然而，我终于从坟里走出来，复活了，再生了。在那一年，结束燥热的那一年秋天与结束疯狂的那一年春天。于是，我记起我在坟中的死亡，记起死亡时的那一切悲壮与荒唐。

灵魂的家园 ››››››

再也无法收集起的点点碎碎的阳光，流淌在我的心里，然后向四面八方任意铺缀，泛在紫色的海魂里，依依稀稀。细声低吟着，给黑色的山鹰轻描了一个朦胧的希望。

似曾相识的影子，风尘仆仆地从宇宙的终极回来。惆怅的泪，把它浑身浇透。它似有皈依，又无所皈依。

天鹅幽雅地召回所有残存的希望，为我的灵魂安置了一个美丽的家园。从此影子可以自由地栖息，自由地沉思。即使是在风雨侵袭的夜晚，即使是在吞噬过无数次希望的黑暗中。

灵魂因此伴着《爱的罗曼史》潇洒地游荡，漂泊，求索。宇宙的终极因此而消失在终极的宇宙里，寂寞的无尽因此消失在无尽的寂寞中。我感到痛苦，也感到快乐。

夜颂三章 ››››››

1

岁月这么匆匆地走，青春这么匆匆地走。人到中年，方信生命的短暂，时光的不足，方信哲学家那些永恒的揪心的悲歌。

伟大的夜，护卫着有限的生命，有限的时光。它撒开一个伟大的屏幕，像棉一样柔软，像钢一样坚固。

顾不上墙角的吱吱声——老鼠的牙齿又在批判我的心爱的书籍。顾不上屋内的浮嚣，诗外的邪恶。只和夜一起，珍惜着心灵的权利，劳动的自由，让生命在劳动中延伸、壮大、长起真正的人的灵魂与骨骼。

伟大的夜，吱吱们与嗡嗡们决不能剥夺。只有自己会把它断送：在静悄悄中献给虚无的妄念，送给无聊的生活。然而，我要声明：永远不背叛这黑色的朋友。我将报以和虚无作对的实有，报以和无聊作对的开拓。

2

夜，安谧而宁静的夜。

在这静悄悄里，身内的宇宙与身外的宇宙一样，广袤、无穷、自由。

此刻，许多璀璨的星光在我的世界里闪烁。隐隐约约，我感到在生命的神秘天涯里，有许多莫名的不安和动荡，有许多朦胧的孕育和诞生，还有许多陌生的来客在叩打思想的门扉。我听到良知轻轻的启示，智慧频频的低语。而在我生命的另一个无边的海角上，仿佛有一首无题的歌，一串新颖的见解，不等上帝的批准就降临了，像一群庄周化成的蝴蝶，带着天外的祝福，对我扑打着诗与哲学的翅膀。随后，又有一个遥远的思念突然升起，那一双蓝宝石般的眼睛又是那样久久地、轻轻地呼唤着我。唯有我听懂这蓝宝石的语言，那是呼唤我童年时代的名字的天籁……

我喜欢这静夜。在静悄悄里，我的一切都醒着都充满着生命：希望，记忆，猜想，信念，成熟的爱意，不成熟的知识，一切，一切，都燃烧着真诚。

曾痴情地追求过的乐土，曾向往过的未知的天堂，不就是这静夜吗？不就是这外宇宙与内宇宙的星光吗？梦幻中耀眼夺目的金屋，现实中巍峨高耸的桂冠，我不企求，只愿这静夜永远属于我——我的生命可以在这静悄悄的大海中作着快乐的无休止的远航。

3

深夜，紧紧地关下门窗。截断窗外喧哗的世界，万籁无声。屋内和平，只有女儿梦中的微笑。

又降临了大好时光，又打开新的书页。人生的第一页，注定要抛进这个无底的深渊，注定要埋进这无声无涯的世界。

这是我享受的时候。世俗的忧烦，身外的浮嚣，都沉睡了。我要品尝人生的甜果，精神的筵席。我要看着那动人的一切：繁星与圆月从书页里冉冉升起，爱情与春天回到被遗忘的角落，此岸的诗人与彼岸的诗人为母亲、孩子而歌，年迈的学者与年轻的学者为真理、鬼神和人类的命运而辩论，偏激的情感在播撒着春雨般的眼泪，全面的逻辑在征服虚伪和邪恶。

我看着，和我一样的人，一样从猴子进化而来的人，像红日般地超越大地，又像红日般地照射大地。他们的本质壮丽地化作战争与和平的书卷，化作比银河还要灿烂的思想体系，化作灵魂的星空，智慧的沧海，大地的壮观。

今夜，我不仅要观赏神奇的世界，而且要仿效聪明而勇敢的前辈，去寻找那些伟大的灵魂，那些与人间的忧患相通的头脑。还要寻找那一个“仇人”，那一个把我折磨了好久的奥秘。

今夜，也许会拾到一把金钥匙，也许会遇上一个引导我解脱的女神，一个躲藏在地狱里的、等待着我的狂喜。也许，什么也没有找到，但不要紧，在灯火阑珊处，在朦胧的诱惑和迷离的渴望中，我的夜是美满的，我的心也是充实的。

仁慈的大地呵，请你常赐予我这样的静夜。

那一颗星不会消失 ››››››

那一颗星，曾在我童年时代明净的心坎里闪耀过。

那一颗星，曾在我青年时代沸腾的心坎里闪耀过。

那一颗星，如今还在我中年沉思的心坎里闪烁。

我的那些与世界阔别不太久的卓越的祖先，也许和那一颗星亲切地交谈过。

我的那些与世界阔别得很久的伟大的祖先，也许对着那一颗星寄托过深情的梦。

他们都远去了，消逝了。然而，那一颗星并不远去，并不消逝，它像我头顶上的明珠，还在闪耀，为我，为我的祖国土地上的兄弟姐妹，撕碎过许多黑暗和忧愁。

我也会远走的，也会消失的。然而，远走了很久之后，我相信，我的很远的后人还会凝视这颗星，还会对着这颗星低唱着歌，或者讲述美妙的猜想与传说。

都远走了，都消逝了，但光明不会消失，不会远走。它总是伴随着无边的时空，无尽的土地，总是在人类的头顶和心坎里闪烁。

我只是前行 ››››››

这里是一片灰蒙蒙的空白，蓝天与大地焊接时的痛苦遗留给了我和我的同伴。

我在天与地的焊接处前行。我的足音惊动了正在思索中的雁群。路，永远不会清晰地展示在大雁的面前，也永远不会清晰地展示在我的面前。天堂的光环只是远山的迷蒙；你和我，只是寻找中的大雁。

白牛与黑猫为了莫名的烦恼相互争辩着永远解不开的莫名的网结，还掺杂着莫名的哭泣。我没有时间欣赏这些争执与哭泣。

我只顾在空白的不知是大地还是天空的帷幕上撒下我的脚印。我不会为它的瞬息的整齐或歪斜而伤感，我顾不得足迹背后的欢乐与怨艾，赞叹与诅咒。

我只是前行。在天与地的焊接处。在地与天的茫茫中，我只是前行。

盘旋的鹰 ››››››

已经飞越过许多山崖与峡谷，已经穿越过许多风雨与云雾。羽毛里已经浸满了漫长飞行的倦意。

该找个落脚点，该找一片栖息的树林，该找一处青翠的山坞，然后再继续展示腾飞的梦。

她寻找着，俯瞰着大地，决不放过地上的一点绿色。她的眼睛已经发疼，心灵已经困乏，还是寻找着。然而，总是找不到一片栖息的树林，总是找不到一处落脚的青翠。

羽翼下的这一边是寂寥，是古老的黄沙；羽翼下的那一边是繁华，是飞扬的尘土；但没有树林，也没有山坞。

听风说，树林在天涯，滋养羽翼的绿色在白云的深处。

听雨说，山坞在海角，安抚心灵的青翠在遥迢的远方。

她只好盘旋在空中，她已盘旋了许多日夜。呵，灵魂的故土，羽翼的家园，你在哪里!

突然，她的眼睛明亮了。一个决断使她赢得明亮：不要寻找栖息，只管飞翔，只管飞翔，生命之美就是独撑羽翼的飞翔。等到不能飞翔的那一天，到处都有让我长眠的地方，到处都有收埋羽翼的地方。

呆立着的黑鹫 ››››››

——新疆火焰山见闻

头顶是喷射的火焰，脚下是凝固的火焰。她的生命就展示在两股火焰之间。

她站立在火焰所烤热的山岩上，她不知道，深藏的火焰已吞食了所有的生命，此刻连生命的影子也没有。最后的一声狼嗥，在很久以前就消失在群山的记忆里。此刻，唯一的影子，就是她的粗糙而单调的影子。

她呆立着，并不抬头看看喷射着的火焰，也不低头看看包裹着的火焰。她已经习惯了，她已经习惯用未被烧焦的羽毛抵御着炎热。

她随时都可以起飞，随时都可以翱翔，随时都可以奔向绿荫覆盖的地方。但她呆立着。她不在乎春天与冬天，繁荣与萧索，沙漠与绿洲，富饶与贫瘠。她的灵魂是强大的，早已超越了寒暑与炎凉。

孤岛 ››››››

阳光明媚的时候，她来到这个孤岛。

最后离去的山鹰炯炯有神的眼睛把她引进了这个孤岛，无所依归的旅人常常遇见那只奇怪的山鹰。幽幽的绿环是山鹰头顶上绝望的谜。

她曾走出死亡的沙漠。她曾燃烧过冰冷的北方。她曾醉览过山青青，也曾踏碎过水青青。然而，今日的她，仍然是一个常遇见那只山鹰的旅客。幽幽的绿环是游客眸子里命运的谜。

孤岛上没有温暖她的树枝，但海边的悬崖顶上有一朵令她欢喜的红花。朦胧的微笑开放在红色的花里。悬崖上的美是她旅程中的伴侣，红花里的微笑是小岛上希望的谜。

梦的话别 ››››››

人睡到混混沌沌的沉寂时，梦就会悄然离去，在它的身后留下一缕令人留恋的轻丝。

我愿意为你建造金色的祭坛，让你驶向太阳之门。我愿意为你铺设雄伟的战场，让你展示生命的壮观。我愿意化为一场轻柔的细雨，负载你的畅怀的游思。我愿意在光和影里塑造自己，我愿意在光和影里见证我的美和你的美。

然而，你已睡到黑暗一片，不留给我创造的光和影。我不能塑造与证实，我不如死去。

你是睡梦的精灵，你若死去，你将去不了天堂，也下不了地狱。你得不到实有，也将得不到虚无。你是我的精灵，无法代替他人睡梦的精灵。你本不是从泥土中来，你也回不到泥土中去。

然而这片暗影吞噬着我的遐想，窒息了我的心愿。把我的生命变成可怜的断片，我不能继续飞翔，不能自己塑造自己的美貌与身躯，不能自己塑造自己的魂魄与世界，我不如死去。

我不能塑造我。我宁愿从此离开你的梦的世界。

梦远去了。原先梦居的乡土，只留下它的遗憾，只留下让我眷恋的轻丝。

我和历史的一次对话

我们民族前行的路，曾经被杨光先们的眼泪打湿了。潮湿的路，沉重的泥泞，咬住前去的车轮，于是，进行起来格外艰难。我深爱我们伟大的民族，所以我才写这种非礼的文字，嘲笑一下那些无价值的眼泪，记录一段历史的荒唐。

我和历史的一次对话 ››››››

你是茫茫苍苍的大海吗？你是林林总总的河山吗？你是层层叠叠的森林吗？不，你比一切都更加深远，更加辽阔。你是万物万有的母亲，无穷无尽的往昔。从太始之初那最早的一瞬间，到刚刚逝去的一刹那，一切都属于你。

那些盛放又凋零的千花万卉，那些强健又衰老的英雄美人，那些石破天惊的战争，那些排山倒海的挺进，那些精彩而催人泪下的人生悲剧，那些愚蠢而纵横捭阖的丑恶表演，都像云彩一样消散了，熄灭了。而你，却永恒存在着，一切都飘入你的心胸，一切都化作你记忆的鳞片。这些鳞片，时而在这一代人里闪光，时而在那一代人里暗淡，忽明忽灭，组合成你天长地久的生命大彩练。

你无所不在，昨天那么遥远又遥远，既往那么幽深又幽深。为了寻找你的起点，大群哲学家磨平了学者的辩舌，无数的史学家消瘦了深思的面颊。该怎么穷尽把握你的真实呢？如椽的史笔所描述的那一切壮观，都只是你的一朵小小的微笑，你的一声轻轻的叹喟。我应该怎样描述你那涵盖一切、囊括一切的力量呢？

你昂首走着你的路，像一去不复返的壮士。你高傲至极，决不瞻前顾后。你把你的呼吸化作你的时代，把你的脚印化作人间的轨迹。你时而从容散步，时而奋发奔驰。散步时你像潺潺的流水绕过暗礁和险滩，奔驰时你像万马冲锋，转眼间踏破一切崎岖和坎坷。许多英雄豪杰企图阻止你的前行，都死在你的脚下。我领略过你的威严，礼赞过你的不可更动的宿命般的结构。于是，我跪倒在你的脚下，祈求你的恩赐，颂扬你的神奇，像奥古斯丁在《忏悔录》里赞美天主一样地赞美过你的至高至上、至尊至美。虔诚论证在你面前我和我的兄弟姐妹都是无能为力的，憧憬只是我的梦幻，选择只是不识时务的荒唐。除了做你的歌者之外，只剩下一种出路，那就是充当你的车轮中的一颗螺丝钉。

于是，我失去了我，失去了在高山上呼唤过蓝天白云的我，失去了在大河里活蹦乱跳的我，失去了在大地上勇敢进取的我。我用我的文字，把自己和自己的同类描绘成你的附属品，任你调运的升降机。谴责那些在你面前敢于独立燃烧的思想，敢于蔑视命运的眼光。我设置的审判台，拷打那些扬言超越的狂徒，那些声明对你的安排敢作选择的异端，那些想对你的未来评头品足甚至扬言要自我设计的疯子。我诅咒他们雄心的膨胀、抱负的可笑、理性的凋落。这些数典忘祖的罪犯，大逆不道的、不甘寂寞的魔鬼，我把他们钉在十字架上，审判他们哲学公式的颠倒、人生法则的歪斜、思维方法的背叛。在这些审判台上，我赞美过狡黠的驯良，利己的悲壮，像鹅卵石一样很美的圆滑，甚至赞美过打人的棍子——只有铁的躯干而没有心灵的棍子。

然而，有一天，奇迹发生了，大地又升起一轮新的太阳，我心中也升起一轮太阳。互相映射的太阳，使我看见未曾见到的自己。而那身外的太阳，好像是我身内的太阳的母亲，她竟是一个会说话的浑身赤诚的母亲。我听到她对我身上的火焰说：把你心中的热能释放出来吧，放射出来吧，不要自我扑灭，不可自我践踏，不要自我菲薄。你应当自己升华自己，天空是你的，土地是你的。你在往昔的崇拜者面前不是命定无能为力的，他雕塑着你，你也雕塑着他，他创造着你，你也创造着他，他是你的阐释者，你也是他的阐释者。千万种运行的轨道，千万种光明的选择，都属于你，你在他的面前是自由的。你不是弯腰曲背的人，是挺立着脊梁的历史的主宰。你有无穷无尽的改革力与创造力，你应当重新获得你遗忘的自身，获得你失落的尊严。

于是，我的内心世界经受了一次强烈的地震，精神地壳产生了裂变。岩浆冲刺我的灵魂。我的太阳真的迸射出使自己感到惊讶的热量，光明布满我的周身。我直想呐喊，直想奋斗，直想前行。我终于打开锁链，解放了内心的一片片领土，打碎胸脯中一个个黑暗的牢狱，驱赶那里的一群群卑微的奴隶。一场战争，一场撕肝裂胆的战争，一场没有硝烟但有眼泪的战争，一场被身外的魔鬼发出狞笑的战争，然而，我赢得了战争，赢得了凯旋，我看见身内的火焰环绕着身外的太阳运行、挺进、飞升、闪光。呵，伟大的历史，在你面前，我不再无穷无尽地鞠躬，我笑着、跳着，自由思想，自由唱着欢歌与悲歌，自由为我的正在变动着和前进着的土地，挥洒着我的热汗和我的蓝墨水。我将和你一起，塑造着今天，设计着明天，和你一起选择，一起变动，一起遐想，扫除那些时空的障碍，假设着，憧憬着，实践着。我在你面前，不仅唱着你的赞歌，也唱着自己的赞歌；在你面前，我感到你的伟大，但也不感到自己的渺小。我将举着我自己身内的火焰，在大地与天空翱翔，和你一起展开伟大的追求。

履历表 ››››››

——写在“爱好与特长”栏

农家子，书家子，从田野的方格子走进书斋的方格子。

没有特长，没有爱好，不喜欢问柳寻花，不喜欢抚琴醉酒。

只爱淡淡的星光，只爱淡淡的灯光。星光下，簌簌的思绪像松声在林海中遨游，灯光下，潺潺的情感，又像山谷中不绝的江流。

谁给我爱，谁给我祝福——请给我星光，请给我灯光，请给我簌簌的欢乐，请给我潺潺的自由。

沧桑与轮回 ››››››
——题苏炜的《箫心集》

在羊城养病期间，见到刚回国并已在文学所工作的留美学生苏炜的摄影集，被集中的诗情美景所动，便为之题诗十一首。

站立的思辨

岁月的黄沙早已拂去他头顶上的苍龙，历史的尘土剥夺了他往日的妩媚。然而，宇宙思辨者未曾跪下。他依然站立着，带着满身的伤痕，面对着广漠的世界，伸展着那些被风雪染得发黑的不屈的绿叶。

永恒与瞬息，生存与死亡，光荣与屈辱，冻结与融化，全都嵌进他的绿色意识里，化作他的不朽的韧枝和永不衰竭的思索。

呵，站立的思辨，大地的灵魂和我的灵魂。

死谷

往日大江壮阔的歌声早已消失，连同激流豪放的呐喊。只留下这空谷悠悠，黄沙漫漫。

没有战胜死亡，不要悲伤。奔驰过的生命，化作雄伟与苍茫的记忆：永远使人神往。像遥远的古战场，虽然萧索，依旧使人想起壮烈的征战，英雄的豪强。

伤逝

苦恋蓝天的爱被砍伐了，驶向天外的憧憬被扼杀了。只留下这冰冷的骨骼，证实着往日博大的梦。

逝去的青春不会回来了吗？逝去的绿海不会重新卷起波浪了吗？愿逝者永去，不要再使我感伤，愿来者壮烈，依旧是一番追寻，依旧是一派遐想。

沧桑

抗击过千万次雪的残暴和雨的疯狂，每一次都留下刻骨的创伤。为了给变幻的山川作证，她已付出全部青春与梦想。但没有死亡。至今年老的躯体上，还燃烧着火红的夕阳。

乡愁

翘首望着海的那一岸，梦中的热土。

海的赤子，把淡淡的乡愁，伸进了无边的柔蓝。

枝枝叶叶，是寸草心的牵挂。星星点点，是泪珠儿的思念。

不知道海的那一边，正在扬花的春草，正在吐蕊的秀木，是否也有这洁白的泪珠和不尽的缠绵？

光阴

光阴，是一把透明的斧。

砍去我如山的绿荫，砍去我如海的繁茂，却砍不断我的强大的记忆和生命的故事。听见了吗？我和我的同伴悄悄地诉说——关于往昔，关于沧桑，关于昨天的追求和今天的寂寞。

轮回

曾经参与过绿色的伟业，曾经作过繁荣而热烈的梦。此时只残存这青春的尸骨，连坟也没有，只有赤裸裸的死亡。

在死亡的尽头，又是一片绿。铁片似的叶，又伸进宇宙温暖的怀中。呵，不朽的轮回，生与死亘古不变的契约，全在这山野上得到确证。

人之初

不要忘记人之初，不要忘记童年的路。不要忘记自己曾是一无所有的赤子，曾在地上像小动物一样匍匐。

感谢天下可怜的父母，牵挂着我们每一个蹒跚的脚步。用爱，用泪，用心灵，一千次拂去我们满身的尘土。

早行人

是黎明通知了你，还是你通知了黎明？当我还在梦境中彷徨，你已远走，在作艰难的追寻。

此时你在何方？雪野里只留下你沉默的脚印。我向你问安，你拥有你的早晨，大地最清新的甜蜜。愿你也拥有我的早晨，我的雪白的沉思和我的雪白的敬意。

秋景

宛如您心内那高傲的宇宙，这份秋光，这份秋景。

超越春的争荣，夏的竞艳，冬的萧索。

红的是无争的秋叶，蓝的是无瑕的秋水，白的是无垢的秋云。

我羡慕你，躲藏的赤子，唯有你摈弃山外的喧嚣与骚动，在安静的慈母怀中，作着诗意般的沉默和诗意般的思索。

水中落叶

敌不过凄冷的秋风，簌簌地飘落下红叶。

落也要落得个干净，葬也要葬入清溪。

碧流中的尸首，涟漪中的叶魂，即便死了，也不愿意把遗体付与尘土。

埋入透明的秋水，高洁的心，该安息在高洁的坟茔。

感谢你，四壁的星光 ››››››
——书屋抒情

感谢你，诗国的宝剑，决斗而死的普希金，你的真诚的槲树林和非人工的纪念碑是怎样越过俄罗斯的原野，来到我的祖国和我的书屋的？自从认识你，我再也不会因为生活的欺骗而灰心，我的小女儿再也不会忘记大海，不会忘记她的胸脯中该有一颗小金鱼的心灵。

感谢你，英国的骄傲，说不尽的莎士比亚，你的犹豫不决的丹麦王子和不朽的情侣罗密欧与朱丽叶，是怎样踏过大西洋的波涛来到我的父母之邦和我的书桌旁边的。你使我在少年时节，就抛弃了上帝，而爱上了自己。知道唯有人，才是大地万能的主宰，世界运转的杠杆，一切美的玫瑰中最神奇的玫瑰。

感谢你，长着大胡子的普罗米修斯，我所信仰的卡尔·马克思，你的星空是何时开始照明生我养我的土地与田野的？自从我了解你草拟的伟大宣言和劳动审美化的学说，我的个性就有了广阔的追求，再也不怕崎岖的小路、陡峭的悬崖，再也不屈服于因袭的重担，惰性的气流。

感谢你，大声呐喊而常常寂寞的战士，在百草园里追捕蟋蟀的大地之子鲁迅，我在你的思想世界里飞翔了半生，至今毫无倦意，你使我更加厌恶身内与身外的阿Q与阿金，还有女娲大腿上喋喋不休的伪君子，你使我的血液里流淌着真实，笔管下流淌着严肃。

感谢你们，遥远的屈原与司马迁、柏拉图与亚里士多德，不太遥远的康德与黑格尔、卡夫卡与海明威。感谢你，一切启迪过我的光辉的名字，一切在我四壁上闪耀的星光，一切使我心灵空间开阔的思辨，一切使我的人生活泼而有序的逻辑，一切使我的才智丰富而解放的情感。感谢你，北方的豪放，南方的婉约，西方的理性，东方的神秘。感谢你，一切明晰的学说，一切朦胧的愿望，一切透辟的论证，一切模糊的猜想。都感谢你们，只要你们有过真理的发现，只要你们给大地投射过光明，给历史投入过力与汗水，给人类和我的祖国投进过爱和温暖。

致陀斯妥耶夫斯基 ››››››

1

请你告诉我，残酷的天才，俄罗斯灵魂的审判者。

请你告诉我，当你被送上断头台，在生与死之交，在永恒黑暗即将来到的时刻，你想到了什么？

斯芬克斯之谜，化作一片混浊的雾，弥漫在你的眼前。混浊的雾中，你看到了什么？是天国垂下的云梯，还是地狱向你打开的铁门？

在《白痴》里，你让梅思金公爵叙述过临刑前的五分钟，那是你的自白吗？

五分钟，浓缩的时间，漫长的心灵之路。五分钟，你安排了告别，安排了忏悔，安排了对世界最后的顾望。再看一看人间，再看一看生活过的土地，土地上竖着三根柱子，柱子上捆绑着垂死的犯人。犯人的身边是教堂，教堂上是金碧辉煌的屋顶，屋顶上是鲜艳夺目的光波，那通向终极研究的光波，是你的新的本体。

你大约没有投向新的本体的渴望。你还愿意生活。你悄悄地向生活订下契约：如果能获得再生，你将珍惜每一分钟，把每一分钟变成一个世纪。你，多么热爱生活，多么热爱你生活过的土地呀。

2

你爱得那么广阔。你爱整个白雪覆盖着的俄罗斯大原野，整个天空覆盖着的世界的海洋与大陆。你爱得那么具体。你爱每一棵树，长在阳光下与月华下的每一棵树，树上的每一片绿叶与每一曲轻歌；你爱每一条大街，屹立着钟楼与摇动着灯影的大街，大街上的每一扇被风雨刷洗过的门窗和每一幅未被风雨刷洗过的图画。

你的温柔而忧郁的眼睛，爱抚着每一朵云彩，每一颗心灵。上帝给你一对天生的触角，让你神经质似的敏感到人间的每一个穷人、每一分苦痛。你比身受苦痛的灵魂还要苦痛。你背负着俄罗斯天空的裂缝与人类天空的裂缝，艰难地蹒跚着，喘息着。你真的相信苦难是通往天堂的阶梯吗？如果真的相信，那么，人间的苦难为什么使你那么难受？你的灵魂为什么被苦难紧紧抓住？

你的温柔的目光却是那么犀利，穿透了那么多硬壳，你发现了硬壳中圣洁的灵魂和卑污的灵魂。你看到罪恶包藏下的那一点还在闪光的洁白。你谴责罪恶，又带着生命的热的旋律，呼唤着洁白。你确信这一点火种般的洁白还会生长，还会支撑另一种生命的再生。你的心目中，不仅没有敌人，也没有坏人，所以也以至慈至悲的自设的法庭，如此判断“罪人”。

你真诚地爱着人类，但是，人类在那里嘲笑你：白痴，蠢人，虚假的爱神。你不对人类绝望吗？你不为自己即将远离那些肮脏的人群而感到幸运吗？你不为自己就要告别那些布满尘埃的土地而感到欣慰吗？你太不善于憎恨了，否则，死之将至，你怎么还有那种宁静的心境去设计你的最后的时刻呢？至死还记得自己所欠下的情感的债务，至死还想到良知上的责任，至死还为内心的圣洁而战，这是什么样的心灵呢？大地为什么容纳不得这样的心灵呢？这亵渎良知的大地，太污浊了，太丑陋了。污浊的喧啸，污浊的面孔与心胸，这是我们的同类吗？呵，永远猜不透的斯芬克斯之谜。

3

大地好像并不污浊，你不是从断头台上走下来了吗？你能告诉我这死而复生的一瞬吗，幸存的天才？

你感激吗？你感谢使你获得再生的人间吗？也许

不是感激，是诅咒，诅咒荒谬的世界和世界的荒谬。请告诉我对于这个世界，你是想着报答还是报复？

你好像只懂得报答，你这脆弱的天才，善良的智慧。要不，你为什么还要那样埋头地抒写，痴呆地追求？令人痴迷的《白痴》，令人倾倒的《少年》，与《俄狄浦斯王》和《哈姆雷特》并肩的《卡拉玛佐夫兄弟》：永远使人爱慕的娜司泰谢和格鲁申卡，被罪恶包裹着的纯洁的男性与女性。如果不是你宽恕大地，能献给大地这么厚重的礼物吗？

也许这正是报复，魔鬼一样狡黠的报复。否则，你的天才为什么如此残酷？你的精神审判为什么这样无情？你笔下的那些男女灵魂全裂成两半，血在裂缝里流淌。你让他们爱着自己，又咬啮着自己；忠实着自己，又背叛着自己。所有的灵魂里都有互相顶撞的双栖。这声音是那样残酷地扰乱上帝的安宁，又是那样残酷地贬抑高贵人种的灵魂。呵，比暴力还要可怕的非暴力，比咆哮还要使人难受的非咆哮，阿门！

4

请你告诉我，在体验了死亡之后，你是赢得了勇敢，还是获得了怯懦？在生与死的转换中，你是留下继续踏着荆棘之路前行的雄心，还是留下在绳索面前战栗的恐惧呢？

也许你已见过死神的模样。死神是狰狞的还是和善的？也许你见过地狱的通途。地狱的通途是花岗石铺下的大道，还是尸首叠成的小路？你也许和死神进行过谈判，也许还有过交易。你该不会向魔鬼出卖灵魂吧，然而，拍卖一半也说不定。不然，为什么在你的作品中，总是诅咒魔鬼又替魔鬼辩护，灵魂里展示着两个对立的深渊？学者说你咏叹的是怪异的复调，人性的杂音。这不是唱给魔鬼听的吗？你的满腹经纶的同类，能唱出这种怪调吗？

5

你知道吗？我也体验过死亡，也见到许多体验过死亡的弟兄，我看到他们从劫难中带着惶惑走出来。几年过去了，他们有的还是脸色苍白，有的已呈粉红色。有的在谴责，有的在沉思，有的在忏悔，有的在吹嘘。有的赢得了勇敢，心灵变得异常强大，月圆的时候，心灵是明朗的；月缺的时候，心灵也不灰暗。有的却获得了怯懦和狡猾。还要拼搏吗？不，人生有限，别那么傻。尝到了天堂的甜蜜，更感到地狱的可怕。让别人去奋斗吧，弯惯了腰还是曲着为好，拱着的脊梁比挺直着舒服。让人说是贾桂吧，被打软的双脚，该满足于地毯铺设的道路。爬着走，虽然缺少尊严，但不会有摔伤的危险。何必去做灵魂的冒险？人生无须作第二次死亡的体验。

残酷的天才，你获得了什么？在你创造的世界里遨游，我好像听到过你勇敢的声音：

既然敢于面对死亡，还不敢面对自己的缺陷吗？

既然敢于面对地狱的铁门，难道不敢敞开自己心灵的窗扉吗？

既然敢于面对魔鬼的鞭子，难道还怕人世的棍棒吗？

既然敢于面对神的高傲，难道不敢面对狗的牙齿吗？

既然已走过无边的沙漠，难道还怕山野的寂寞吗？

既然敢于面对漫远的虚无，难道还怕卑微的实有吗？

6

体验一次死亡，便经历一场心灵的革命。

早已准备一切都让死神剥夺干净，如今，还留下这么多：乌黑的头发，发亮的眼睛，头颅，双手，生命，智慧，精神，爱情。还有什么可丢失的呢？唉，名声就像头顶上飘浮的云烟，桂冠就像猴子戏耍的玩具，蜡做的鲜花并不比飞扬的尘土更美。还要留恋吗？还要在名利场上边观望吗？

既然已经走到了苦难的绝顶，还怕痛苦的小山丘吗?

既然已被魔鬼咬破了伤口，还怕地狱门前的暗影吗?

复活后的灵魂，粗糙而强健；幸存下来的人生，坦然而轻盈。

呵，怪异的天才，我真羡慕你，羡慕你这从死亡中升华了的灵魂。灵魂虽然沉重，却是那么自由，再也不必瞻前顾后，一切都顺从你内心的追求。和死神交流过的手，从容地抹去生的一切堵塞，死的一切压力，让自己脉管中的血和灵魂中的血，畅快地流。说是天才的残酷，不正是这畅快的奔涌，痛苦的审判，抒写的自由吗?

想起了基督的故事 ››››››

那是很静的夜，这是很静的早晨。

我踏着早晨的曦光，悄悄地从基督教堂里走过。薄雾在大街上飘忽着，轻轻地掠过我的心，并激发我想起了基督三代变迁的故事。

为了救赎人类，基督的第一代，仁慈的神之子，怀着大爱的心，负载着人间的大苦恼，奔走于艰难的道路和炎热的荒漠，然后被钉上残酷的十字架，承受着穿心的折磨。

也是为了救赎人类，基督的第二代，神之子的十二门徒，虽然没有受到十字架的钉杀，但也背负着人世的痛苦，尽管他们之中出现了一个出卖耶稣的叛徒。

也说是为了救赎人类，基督的第三代，耶稣门徒的门徒，众多的门徒分化成许多流派，有的还是那么的虔诚，那样挚爱，忍受不了人间的贫穷与不平，为了别人不惜自我牺牲。有的已不虔诚，他们把基督当作敲门砖，打着神的旗号，也欺骗，也吹嘘，也侵略，也杀戮，也剥夺。胸前的十字架，变成虚假的徽章，虽然没有灵魂，但可以点缀自己的生活。聪明至极，未死就在天堂上挂个号。读读经书，就像买个“保险”。

那天早晨想起的故事，今夜还在我心中沉浮，我仿佛听到教堂的钟声，钟声在诉说这兴衰的历史，这历史告诫着世界，也告诫着我。

在于谦祠堂里 ››››››

击败了五十万强大的蒙古大军，讨回了被俘的英王，撑持了垂死的都城。

然而，他被杀害了，功勋竟也把他引向死亡。像战神一样的将军，所向无敌的英雄，光辉的军旗，盖世的战功，被帝王抹掉时那样容易，像弹掉身上的一粒灰尘。

这将军的祠堂，总是叫人感伤。尽管我为英雄倾倒，但英雄的屈死却常使我感到人世的荒唐——英雄诞生了，事业成功了，但事业竟成了英雄的坟场。

假如人的心里只有自己，没有人民的悲欢，社稷的兴亡，谁愿意去浴血奋战？让功勋把自己埋进永恒的荒凉。

但英雄偏偏有不屈的爱，心中偏偏压着沉重的土地山川。

于是，一个于谦死亡，还有另一个于谦再生。一批耿直者化作灰烬，另一批耿直者又赴汤蹈火。生命，就和那钢铁的道路一样：正直，坚实，韧长。

历史从来没有在残酷的沙场中颓败，我们的大地，总是有不屈的勇士，坚贞的儿女，在战火中驱驰与歌唱。可惜历史固然悲壮，但也往往荒唐，不容天才与英雄的故事太多，让人读后不免伤感。

无价值的眼泪 ››››››
——关于清朝钦天监杨光先的思考

历史半是缄默，半是呐喊地走过了三百年的路，史籍上还记载着钦天监杨光先那令人难忘的眼泪。

顺治、康熙年间，曾为废弃过时的中国历法进行过残酷的斗争。当皇帝允许中国的墙壁可以自由地悬挂西方日历的时候，他曾经放声痛哭，眼泪像孩子那样真诚地涌流。他上书皇帝，历陈中国固有的文明，诉说宁可使中国无好历法，也不能让洋人的历法来到文明的古国。

他的眼泪，竟激起了一场惊动宫廷内外的惨案。力主采用西方历法的官员，有的被凌迟而死，有的被发配到荒凉的远方。

历史才刚刚想走出小小的一步，摆歪了的时针才刚刚想拨正，就伴随着那么一些荒唐的泪，还有那样惨重的血。

杨光先为了祖宗的尊严，真诚地哭泣。为了祖宗的面子，宁可让日月颠倒，春秋混淆；宁可让庄稼误了季节，田野误了青春。

我们民族前行的路，曾经被杨光先们的眼泪打湿了。潮湿的路，沉重的泥泞，咬住前去的车轮，于是，进行起来格外艰难。我深爱我们伟大的民族，所以我才写这种非礼的文字，嘲笑一下那些无价值的眼泪，记录一段历史的荒唐。

生命的再造 ››››››

——关于溥仪的思考

人生也可以掰成两半，一半是佩冠戴冕的帝王，一半是布衣素食的公民；一半从生到死，一半从死到生。

天空变幻着乳白色与火红色的云景与霞景，云与霞都在奔驰，赶着苍穹中遥远的路。滚滚不尽的空中图景，一朝有一朝的风姿，一夕有一夕的美貌。我喜欢遥空中这神奇的，气魄雄健的变幻。它使我想起人世间也有许多奔驰着的云霞，也有许多变迁着的生生死死。

它使我想起中国最后的一个君主，不是吗？天子也可以再造他的性格，躯壳也可以更换它的灵魂。即使是死魂灵，也可以复活他的呼吸，即使是凝固的血液，也可以像冰河那样解冻，化作潺潺的春水。身内自然的奇迹比身外自然的奇迹更加使我陶醉。

我赞美天性变异的人生奇观，赞美生命像风中的云霞不息地流动。在这奇观里，流动里，我看到炎黄子孙神经依然坚韧，心地依然善良。

在这奇观里，流动里，我更爱我的母亲——我的充满再生力的大地母亲，我的充满变革力的父母之邦。当这再生力与变革力还在磅礴的时候，我的信心就会像钢铁一样坚韧，对于我们的明天，对于我们的土地，对于我们的宽容而仁厚的祖国。

灿烂的人生价值体系 ››››››

——怀孙冶方

你走了，我用沉重的思索向你告别。

你来了，我用沉重的思索迎接你。

我和我的同一代人，白天和黑夜都打开着心灵的门扉，迎送着你，社会科学界的“苦命人”。

我知道你的名字时，只知道你的名字连着罪，连着罪恶的价值学说。是的，你找到了繁荣祖国的大街与田野的经济杠杆，为了这一繁荣，你被钉在经济学的十字架上，沉重地思索一生，沉重地磨难一生。于是，我看到了没有硝烟剑戟的罪与罚。

在一个久雨初霁的春日里，我才知道：功罪颠倒是平常的，而不畏罪罚的人并不平常。十字架上的人之子，鼓动价值学说的战士，胸中另有一个更绚丽的星空，更雄伟的立于风沙中的大建筑，这就是你用钢铁的信念和科学的良知所缔造的人生价值体系，一个星辉灿烂的价值王国。

在这个王国里，真理是镶满珠玉的皇冠。至高无上。一切都服从于它：思想，人生，学识，道路，身内的悲欢，身外的荣辱。

刻在你心中的是那科学入口处就像地狱入口处的名言，于是，在科学的门口，你抛弃了胆怯、懦弱、犹豫、彷徨……当危难像暴风雪打击你的时候，你未曾背叛过真理，你说你不是“气候学家”，不懂得随风转向，当你被邪恶抛进了牢狱，痛苦与饥饿压迫你的时候，由于你身边有一个不朽的伴侣——真理，所以你并不寂寞。你和真理凯旋了，但你并不去享受占有真理的光荣，只顾解剖自己，向着真理更高的境界追求。而我们这些后来者，终于懂得真理的代价。为了真理，必须随时准备踏进牢房。

你走了，我用沉重的思索向你告别。

你来了，我用沉重的思索迎接你。

为了孩子的温饱 ››››››

——怀马寅初

我和朋友曾住在你家隔墙的院落。在小院的阁楼上，我们透过绵密的柳丝，悄悄地凝视过你。

九十高龄的你，在低低的手推车上，在高高的松柏树下，对着面前小灌木丛的浓郁生机思考。平静，安详。

我们透过你的小窗，看到你把稿子一张张地连贴着，舒展成一条绿格子砖石铺成的路。你就在这路上固执地求索。然而，时间过去了很久，我们才知道你求索些什么，知道你在求索让孩子温饱的真理，让母亲幸福的学说。

你爱人民，胸襟那么宽阔，决不赞成母亲与孩子住得那么拥挤，吃得那么紧张，空气那么稀薄。

为了让人民生活得美满，你像纤夫拉着大索，拉着沉重的真理，每一步都很艰辛，每一步都有大颗的汗水从额角滚落……

然而，你终于把真理从云雾笼罩的地方，拉向春光明媚的山头。真理胜利地微笑了。可惜笑得有点晚，如今，祖国已背上过重的包袱。

此刻我还想念你的小院，那小院的柳丝，丝丝都在扬起我的思索。

我想起自己曾经那么轻浮，窃笑你是一个迂腐气十足的老头。

我想起俄罗斯那不朽的谚语：一切都会过去，唯有真理留着。

我想起你百岁寿辰的时候，小院里人群如潮，争相来朝贺真理和朝贺为真理而战的学者，是啊，真理毕竟在人民心头。

我想得很多，有时能想得十分浪漫，想到真理不该那么昂贵，为了赢得一个真理，我们竟付出那么大的代价，付出那么多本该享有的生活。

认识他的人并不太多 ››››››

——怀胡念贻

一九八二年八月，我参加了中国社会科学院大学所胡念贻的追悼会，他是五十八岁的刚刚被承认的研究员，写过《先秦文学论集》和其他不少研究古典文学的论著。

他总是沉默着，思考的人需要沉默。他挑着太重的担子，躺下休息了。以往他休息得太少，对自己要求得过于苛刻。

昨天在杨柳低垂的路上，我向他点着头，他沉默地微笑；今天我在他面前弯下了腰，他却只有沉默。

我和他很少接触，并不真正理解他那深沉的前额。天下认识他的人并不太多。但我知道他拥有学人最美的品格，谦虚与诚实。

所以，我为他的远走而掉下了泪。我知道，他是累死的。苦行僧似的学术生活，全部时光都献给了思索。

我还想起他那普普通通的、没有声响的一切：书桌边低垂着头默默地写作，大路边低垂着头静静地行走。他所居住的古旧院落，塞满小屋里的陈旧书橱，书橱边诞生的解剖古代文学世界的论著。

我还想起了这沉默的前额里，藏着爱的大波，藏着正直的街道与广场。想起了那一年清明时节，他在沉默中爆发。我看到他那飘动在小白花丛里的诗句，像雪片，落进了少男少女们的笔记本。但很少人知道，诗人本是一个沉默的学者，仿佛不了解人间烟火。

遗像下，悼念者饮泣，和冬青树柔润的枝条一起，向他垂下了头。了解他的人和他的同行者，总是会越来越多，决不会被喧闹的生活所淹没；奋发的民族，总会珍爱自己儿女们那智慧的前额。

贡院里的思索 ››››››

贡院在清代是科举考试的场所，现在是中国社会科学院的所在地。

历史开玩笑地把我抛到这里：往昔的考场，文人通向仕途的地方。

往昔的书生为了那一顶沉重的桂冠，在这里经历过恐惧，好像面临着死亡。

我在院落的月影下怀想，可怜那时来到这里的学人，在棺木似的八股中颠簸，呼吸着凝固的空气，身上冒出人生最冰冷的汗。

他们在这里经受了地狱的折磨，也许找到一个缺口，通向渴求已久的天堂，也许穿越不了鬼门关，只带回一个绝望或一个将死的希望，或继续在八股的黑暗中挣扎，或像孔乙己，被打断了腿，也没有人看一眼。

不知有多少人在这里赌博命运，不知有多少人才在这里把生命埋葬，呵，这高雅的坟场。

我庆幸没有生活在那个倒霉的年代。今天走到这里的人，都有更远大的抱负，更雄伟的展望。他们学大鹏去作万里的奋飞与追寻，决不会让高贵的头颅去求索一项空洞的桂冠。

祖国，在长安街上赶着路 ››››››

天空晴朗，没有云。

祖国在赶着路。

祖国，走过乡野泥泞的小路，走过颤动的雪山和战尘笼罩的铁索，终于走上了，长安大街。

祖国，没有倦意。她赶着路，有时乘着红色、蓝色、墨色的车，有时徒步地走着。不管雨天还是晴天，都很繁忙。

为了走上这条大道，祖国，经历过战乱与凯旋，欢笑与哭泣，振奋与忧伤。心爱的大群儿女，曾在前线，也曾在后方牺牲，曾在描画高楼的脚手架上，也曾在风雨交加的劫难中，阵亡。红旗与白花一起，呼唤过广场……

我看到祖国的脚，带着伤痕。然而，她一点也不颓唐。我和祖国一起拉着手，在长安大街上走。我听到伟大的心跳，雄健的足音，像震颤大地的雷声。

祖国向我微笑，我也向祖国微笑，我们一路上谈着心。她对我说：我们的大道这么宽广，而且，大道通向无穷的远方，直至天边绿色的原野，辉煌的星光。但大街上也还有污垢和尘埃，还有严峻的冰霜。我对祖国说：我们已经走上大道，路上的坎坷，不足以使我们掉入悬崖。天空既然已经晴朗，我们安宁的土地，会一天比一天美好，即使有滚滚的尘埃，你也不会缺少打扫尘埃的儿女，即使有凌厉的冰霜，也绝不缺少强大的阳光。

返回散文诗

广东旅游出版社决定把我的散文诗“原集”和在海外所写的散文诗选集一起出版，以把我的散文诗完整地保存下来，并分五册陆续推出。此事让我衷心高兴。

今年二月四日，我在Denver美中华人交流协会的年会上作了一场题为“第二人生的心灵走向”的演讲。讲话的主题是说近年我的人生正在作“反向努力”，即不是往前走——不是往追求更大功名、更多财富、更高权力的方向走，而是往后走——往相反的方向即返回童年、返回童心的方向走，也就是往老子所说的“复归于婴儿”的方向走。因为具有这种“反向意识”，所以我才发现了《红楼梦》乃是一部意象性的伟大“心学”，才明白贾宝玉那颗仿佛是创世纪第一个黎明诞生的最纯粹的心灵，也才和《三国演义》及《水浒传》中那些机心、凶心完全划清界线。在生命作“反向努力”的时候，于文化阅读上，我相应地“返回山海经”，回到中国那种只知道建构（补天、填海、追日等），不知得失的原始情怀。而在情感表述上，我则“返回散文诗”。散文诗的情感单纯、清新、明丽、质朴，如同婴儿的歌哭，即使写得有点雄奇，那也是“童言无忌”的伸延与发展，并非矫情。总之，散文诗乃是“自鸣天籁”。所谓“返回散文诗”，便是返回自鸣天籁的境界，不管写作什么文体，包括写作“论文”，我也希望自己不要摆出学问的姿态，而只是发出个人真实的如同天籁的声音。

写作散文诗，原来只是为了调节自己的心境。从事学术研究，整天被概念、范畴、逻辑所包围，生命缺少乐趣，于是就想写诗。没想到，愈写愈高兴也愈写愈多，并拥有许多知音。游走到日本、菲律宾、马来西亚、美国及欧洲诸国，我都遇到单纯而热情的知音，这才明白，诗如音乐，更容易进入人们的心灵。余英时先生对我说，我的诗文是无心插柳，其效果反而是“柳成荫”了。余先生所言极是。

不过，我到海外所写的《漂流手记》十卷，大部分属于散文，只有一小部分属于散文诗。现在我的表弟叶鸿基先生把这一部分集中起来，编辑成册，命名为《又读沧海》，作为丛书的一种。散文诗介于散文与诗之间，这是常识。关于散文与诗的区别，论说很多，但在我看来，除了外形式（诗分行有韵律等，散文则不必）不同之外，内形式还有一大分别，这就是诗可以“曲说”，即可隐喻、暗示、通感等，而散文则只能“直说”，即直接表述散文作者的思想和情感，因此，我曾把散文定义为作家人格的自我雕塑。那么，散文诗的好处，正是它既可以直说，也可以曲说，它无须诗的音乐节奏，但有内在情韵；它无须散文那样叙事，但比诗更实更具体一些；它可自我塑造，但塑造的是内在的心灵性形象，而非外在的实体性形象。我选择散文诗作为写作的一种重要手段，是因为在使用这种文体时心手都比较自由。文学是最自由的领域，我所以选择这一行业，便是为了自由。如果写作时被概念或被某种文体所“物化”，这等于“心为物役”，还不如不写。写作散文诗时，我没有被“物化”、被“异化”的感觉，反而觉得写作时个体精神赢得了飞扬，自由赢得了实现。

喜欢散文诗写作，还和我从中学时代就迷恋上泰戈尔有关。我在国光中学读书时，泰戈尔和莎士比亚几乎同时进入我的眼睛。打开《飞鸟集》的第一页和打开《罗密欧与朱丽叶》的第一页，感觉是相同的，从那时候开始，我就知道，我的人生不会属于牛顿、达尔文那个世界，只能属于泰戈尔与莎士比亚。果然，五六十年来，我始终没有离开过这两位伟大诗人的心灵与智慧，也没有离开过他们的语言方式。

二〇一二年二月二十八日

于美国马里兰